अभिज्ञान शाकुन्तल

अभिज्ञान शाकुन्तल

(संस्कृत के प्रसिद्ध नाटक 'अभिज्ञान शाकुन्तलम्' का हिन्दी रूपान्तर)

महाकवि कालिदास

राजपाल

रूपान्तरकार

त्रिराज

₹ 175

ISBN : 9788170287735

ABHIGYAN SHAKUNTAL (Sanskrit Play) by Kalidas

मुद्रक : जी.एस. ऑफसेट, दिल्ली

राजपाल एण्ड सन्ज़

1590, मदरसा रोड, कश्मीरी गेट, दिल्ली-110006

फोन : 011-23869812, 23865483, 23867791

website : www.rajpalpublishing.com

e-mail : sales@rajpalpublishing.com

www.facebook.com/rajpalandsons

भूमिका

कालिदास संस्कृत-साहित्य के सबसे बड़े कवि हैं। उन्होंने तीन काव्य और तीन नाटक लिखे हैं। उनके ये काव्य 'रघुवंश', 'कुमार सम्भव' और 'मेघदूत' हैं और नाटक 'अभिज्ञान शाकुन्तल', 'मालविकाग्निमित्र' और 'विक्रमोर्वशीय' हैं। इनके अतिरिक्त 'ऋतुसंहार' भी कालिदास का ही लिखा हुआ माना जाता है। इतना ही नहीं, लगभग पैंतीस अन्य पुस्तकें भी कालिदास-रचित कही जाती हैं। ये सब रचनाएँ कालिदास-रचित हैं अथवा नहीं, यहाँ इस विवाद में न पड़कर हम केवल कालिदास के काव्य-सौन्दर्य पर एक दृष्टिपात-भर करने लगे हैं। इन तीन नाटकों और तीन काव्यों को तो असंदिग्ध रूप से कालिदास-रचित ही माना जाता है।

कालिदास का स्थान और काल

विद्वानों में इस बात पर ही गहरा मतभेद है कि यह कालिदास कौन थे? कहाँ के रहने वाले थे? और कालिदास नाम का एक ही कवि था, अथवा इस नाम के कई कवि हो चुके हैं? कुछ विद्वानों ने कालिदास को उज्जयिनी-निवासी माना है, क्योंकि उनकी रचनाओं में उज्जयिनी, महाकाल, मालवदेश तथा क्षिप्रा आदि के वर्णन अनेक स्थानों पर और विस्तारपूर्वक हुए हैं। परन्तु दूसरी ओर हिमालय, गंगा और हिमालय की उपत्यकाओं का वर्णन भी कालिदास ने विस्तार से और रसमग्न होकर किया है। इससे कुछ विद्वानों का विचार है कि ये महाकवि हिमालय के आसपास के रहने वाले थे। बंगाल के विद्वानों ने कालिदास को बंगाली सिद्ध करने का प्रयत्न किया है और कुछ लोगों ने उन्हें कश्मीरी बतलाया है। इस विषय में निश्चय के साथ कुछ भी कह पाना कठिन है कि कालिदास कहाँ के निवासी थे। भारतीय कवियों की परम्परा के अनुसार उन्होंने अपने परिचय के लिए अपने इतने बड़े साहित्य में कहीं एक पंक्ति भी नहीं लिखी। कालिदास ने जिन-जिन स्थानों का विशेष रूप से वर्णन किया है, उनके आधार पर केवल इतना अनुमान

लगाया जा सकता है कि कालिदास ने उन स्थानों को भली-भाँति देखा था। इस प्रकार के स्थान एक नहीं, अनेक हैं; और वे एक-दूसरे से काफी दूर-दूर हैं। फिर भी कालिदास का अनुराग दो स्थानों की ओर विशेष रूप से लक्षित होता है : एक उज्जयिनी और दूसरे हिमालय की उपत्यका। इससे मोटे तौर पर इतना अनुमान किया जा सकता है कि कालिदास के जीवन का पर्याप्त समय इन दोनों स्थानों में व्यतीत हुआ होगा। और यदि हम इस जनश्रुति में सत्य का कुछ भी अंश मानें कि कालिदास विक्रमादित्य की राजसभा के नवरत्नों में से एक थे, तो हमारे लिए यह अनुमान करना और सुगम हो जाएगा कि उनका यौवनकाल उज्जयिनी के महाराज विक्रमादित्य की राजसभा में व्यतीत हुआ। विक्रमादित्य उज्जयिनी के नरेश कहे जाते हैं। यद्यपि कालिदास की ही भाँति विद्वानों में महाराज विक्रमादित्य के विषय में भी उतना ही गहरा मतभेद है; किन्तु इस सम्बन्ध में अविच्छिन्न रूप से चली आ रही विक्रम संवत् की अखिल भारतीय परम्परा हमारा कुछ मार्गदर्शन कर सकती है। पक्के ऐतिहासिक विवादग्रस्त प्रमाणों की ओर न जाकर इन जनश्रुतियों के आधार पर यह माना जा सकता है कि कालिदास अब से लगभग 2,000 वर्ष पूर्व उज्जयिनी के महाराज विक्रमादित्य की राजसभा के नवरत्नों में से एक थे।

परन्तु विक्रमादित्य की राजसभा में कालिदास का होना इस बात का प्रमाण नहीं है कि उनका जन्म भी उज्जयिनी में ही हुआ था। उच्चकोटि के कलाकारों को गुणग्राहक राजाओं का आश्रय प्राप्त करने के लिए अपनी जन्मभूमि को त्यागकर दूर-दूर जाना पड़ता ही है। कुछ विद्वानों का अनुमान है कि मेघदूत के यक्ष कालिदास स्वयं हैं और उन्होंने जो सन्देश मेघ को दूत बनाकर भेजा है, वह उनके अपने घर की ओर ही भेजा गया है। मेघदूत का यह मेघ विन्ध्याचल से चलकर आम्रकूट पर्वत पर होता हुआ रेवा नदी पर पहुँचा है। वहाँ से दशार्ण देश, जहाँ की राजधानी विदिशा थी, और वहाँ से उज्जयिनी। कवि ने लिखा है कि उज्जयिनी यद्यपि मेघ के मार्ग में न पड़ेगी, फिर भी उज्जयिनी के प्रति कवि का इतना आग्रह है कि उसके लिए मेघ को थोड़ा-सा मार्ग लम्बा करके भी जाना ही चाहिए। उज्जयिनी का वर्णन मेघदूत में विस्तार से है। उज्जयिनी से चलकर मेघ का मार्ग गम्भीरा नदी, देवगिरि पर्वत, चर्मण्वती नदी, दशपुर, कुरुक्षेत्र और कनखल तक पहुँचा है, और वहाँ से आगे अलकापुरी चला गया है। यह कनखल इसलिए भी विशेष रूप से ध्यान देने योग्य है, क्योंकि 'अभिज्ञान शाकुन्तल' की सारी कथा इस कनखल से लगभग पन्द्रह-बीस मील दूर मालिनी नदी के तीर पर कण्वाश्रम में घटित होती हैं। कालिदास ने अपने सभी काव्यों में गंगा और हिमालय का एकसाथ वर्णन

किया है। इससे प्रतीत होता है कि कालिदास का हिमालय के उन स्थानों के प्रति विशेष मोह था, जहाँ हिमालय और गंगा साथ-साथ हैं। इस दृष्टि से यह कनखल का प्रदेश ही एकमात्र ऐसा प्रदेश है, जहाँ गंगा, हिमालय, मालिनी नदी पास ही पास आ जाती हैं। यह ठीक निश्चय कर पाना कि कालिदास किस विशिष्ट नगर या गाँव के निवासी थे, शायद बहुत कठिन हो। किन्तु इस कनखल के आसपास के प्रदेश के प्रति कालिदास का वैसा ही प्रेम दिखाई पड़ता है, जैसा कि व्यक्ति को उन प्रदेशों के प्रति होता है, जहाँ उसने अपना बाल्यकाल बिताया होता है। वहाँ की प्रत्येक वस्तु रमणीय और सुन्दर प्रतीत होती है। कालिदास को न केवल यहाँ के वन-पर्वत ही रुचे, बल्कि यहाँ के सिंह, व्याघ्र, शार्दूल, वराह, हरिण आदि भी उनके काव्यों में अपना उचित स्थान बनाए हुए हैं। यहाँ तक कि वहाँ की ओस से गीली झरबेरियों के बेर भी उनकी अमर रचना में स्थान पा गए हैं।

कालिदास का गौरव

कालिदास एक थे या कई, इस विषय में भी लम्बे विवाद में पड़ना हमें अभीष्ट नहीं है। जनश्रुतियों से जिस प्रकार यह मालूम होता है कि कोई कालिदास विक्रमादित्य की सभा में थे, उसी प्रकार 'भोज प्रबन्ध' में भोज की सभा में भी एक कालिदास का उल्लेख है। कुछ विद्वानों ने तीन कालिदास माने हैं। राजशेखर ने भी लिखा है कि 'ललित श्रृंगार की रचनाओं में एक ही कालिदास को कोई नहीं जीत सकता, फिर तीन कालिदासों का तो कहना ही क्या![1]

कालिदास कौन थे और कब हुए थे? इस विवाद को यहीं छोड़कर अब हम उनके अमर नाटक 'अभिज्ञान शाकुन्तल' की ओर आते हैं। कालिदास की रचनाओं की प्रशंसा उनके परवर्ती कवियों ने मुक्तकंठ से की है। एक कवि ने कालिदास की सूक्तियों को मधुरस से भरी हुई आम्रमंजरियों के समान बताया है।[2] एक और कवि ने लिखा है कि 'कवियों की गणना करते समय कालिदास का नाम जब कनिष्ठिका अंगुली पर रखा गया, तो अनामिका के लिए उनके समान किसी दूसरे कवि का नाम ही न सूझा; और इस प्रकार अनामिका अँगुली का

---

1. एकोऽपि जीयते हन्त, कालिदासो न केनचित्।
   श्रृंगारे ललितोद्गारे, कालिदासत्रयी किमु? (राजशेखर)
2. निर्गतासु न वा कस्य कालिदासस्य सूक्तिषु।
   प्रीतिर्मधुर-सान्द्रासु मंजरीष्विव जायते॥ (बाणभट्ट)

अनामिका नाम सार्थक हो गया। आज तक भी कालिदास के समान और कोई कवि नहीं हुआ।'[1] एक और आलोचक ने लिखा है कि 'काव्यों में नाटक सुन्दर माने जाते हैं; नाटकों में 'अभिज्ञान शाकुन्तल' सबसे श्रेष्ठ है; शाकुन्तल में भी चौथा अंक; और उस अंक में भी चार श्लोक अनुपम हैं।[2]

अभिज्ञान शाकुन्तल

'अभिज्ञान शाकुन्तल' की प्रशंसा केवल भारतीय आलोचकों ने ही की हो, यह बात नहीं। विदेशी आलोचकों ने भी शाकुन्तल का रसपान करके इसकी स्तुति के गीत गाए हैं। जर्मन कवि गेटे ने 'अभिज्ञान शाकुन्तल' का अनुवाद जर्मन भाषा में पढ़ा था। शाकुन्तल का जो सौन्दर्य मूल संस्कृत में है, उसे अनुवाद में ज्यों का त्यों ला पाना असम्भव नहीं, तो दुःसाध्य अवश्य है। हमें मालूम नहीं कि जो जर्मन अनुवाद गेटे ने पढ़ा था उसमें शाकुन्तल का कितना सौन्दर्य आ पाया था। फिर भी उसे पढ़कर गेटे ने शाकुन्तल की जो आलोचना की, वह उसकी सहृदय भावुकता की सूचक है। उसने लिखा, ''यदि तुम तरुण वसन्त के फूलों की सुगन्ध और ग्रीष्मऋतु के मधुर फलों का परिपाक एकसाथ देखना चाहते हो; या उस वस्तु का दर्शन करना चाहते हो जिससे अन्तःकरण पुलकित, सम्मोहित, आनन्दित और तृप्त हो जाता है; अथवा तुम भूमि और स्वर्ग की झाँकी एक ही स्थान में देखना चाहते हो, तो 'अभिज्ञान शाकुन्तल' का रसपान करो।'[3] गेटे की आलोचना शाकुन्तल का

---

1. पुरा कवीनां गणनाप्रसंगे कनिष्ठिकाधिष्ठित कालिदासः।
   अद्यापि ततुल्य कवेरभावादनामिका सार्थवती बभूव॥
2. काव्येषु नाटकं रम्य नाटकेषु शकुन्तला।
   तत्रापि चतुर्थोऽङ्कस्तत्र श्लोक चतुष्टयम्॥
3. Wouldst thou the Life's young
   blossoms and fruits of its decline,
   And by which the soul is pleased
   enraptured, feasted, fed–
   Wouldst thou the Earth and Heaven
   itself in one sweet name combine?
   I name thee, O Shakuntala, and
   all at once is said. –Goethe (गेटे)

   वासन्तं कुसुमं फलं च युगपद् ग्रीष्मस्य सर्वं च यद्
   यच्चान्यन्मनसो रसायनमतः सन्तर्पणं मोहनम्।
   एकीभूतमपूर्वरम्यमथवा स्वर्लोकभूलोकयो-
   रैश्वर्यं यदि वांछसि प्रियसखे, शाकुन्तलं सेव्यताम्।
   (उपर्युक्त अंग्रेज़ी पद्य का संस्कृत रूपान्तर)

सही मूल्यांकन समझी जा सकती है। कवि रवीन्द्र ने भी शाकुन्तल की आलोचना करते हुए लिखा है, ''शाकुन्तल का आरम्भ सौन्दर्य से हुआ है और उस सौन्दर्य की परिणति मंगल में जाकर हुई है। इस प्रकार कवि ने मर्त्य को अमृत से सम्बद्ध कर दिया है।'

'अभिज्ञान शाकुन्तल' को जिस भी दृष्टि से देखा जाए, यह विलक्षण रचना प्रतीत होती है। इसकी कथावस्तु, पात्रों का चरित्र-चित्रण, नाटकीयता, सुन्दर कथोपकथन, इसकी काव्य-सौन्दर्य से भरी उपमाएँ और स्थान-स्थान पर प्रयुक्त हुई समयोचित सूक्तियाँ; और सबसे बढ़कर विविध प्रसंगों की ध्वन्यात्मकता इतनी अद्भुत है कि इन दृष्टियों से देखने पर संस्कृत के भी अन्य नाटक 'अभिज्ञान शाकुन्तल' से टक्कर नहीं ले सकते; फिर अन्य भाषाओं का तो कहना ही क्या!

मौलिक न होने पर भी मौलिक

कालिदास ने 'अभिज्ञान शाकुन्तल' की कथावस्तु मौलिक नहीं चुनी। यह कथा महाभारत के आदिपर्व से ली गई है। यों पद्मपुराण में भी शकुन्तला की कथा मिलती है और वह महाभारत की अपेक्षा शकुन्तला की कथा के अधिक निकट है। इस कारण विन्टरनिट्ज़ ने यह माना है कि शकुन्तला की कथा पद्मपुराण से ली गई है। परन्तु विद्वानों का कथन है कि पद्मपुराण का यह भाग शकुन्तला की रचना के बाद लिखा गया और बाद में प्रक्षिप्त प्रतीत होता है। महाभारत की कथा में दुर्वासा के शाप का उल्लेख नहीं है। महाभारत का दुष्यन्त कालिदास के दुष्यन्त से यदि ठीक उलटा नहीं, तो भी बहुत अधिक भिन्न है। महाभारत की शकुन्तला भी कालिदास की शकुन्तला की भाँति सलज्ज नहीं है। वह दुष्यन्त को विश्वामित्र और मेनका के सम्बन्ध के फलस्वरूप हुए अपने जन्म की कथा अपने मुँह से ही सुनाती है। महाभारत में दुष्यन्त शकुन्तला के रूप पर मुग्ध होकर शकुन्तला से गान्धर्व विवाह की प्रार्थना करता है; जिस पर शकुन्तला कहती है कि मैं विवाह इस शर्त पर कर सकती हूँ कि राजसिंहासन मेरे पुत्र को ही मिले। दुष्यन्त उस समय तो स्वीकार कर लेता है और बाद में अपनी राजधानी में लौटकर जान-बूझकर लज्जावश शकुन्तला को ग्रहण नहीं करता। कालिदास ने इस प्रकार अपरिष्कृत रूप में प्राप्त हुई कथा को अपनी कल्पना से अद्भुत रूप में निखार दिया है। दुर्वासा के शाप की कल्पना करके उन्होंने दुष्यन्त के चरित्र को ऊँचा उठाया है। कालिदास की शकुन्तला भी आभिजात्य, सौन्दर्य और करुणा की मूर्ति है। इसके अतिरिक्त कालिदास ने सारी कथा का निर्वाह, भावों का चित्रण इत्यादि जिस ढंग से किया है, वह मौलिक और अपूर्व है।

ध्वन्यात्मक संकेत

शकुन्तला में कालिदास का सबसे बड़ा चमत्कार उसके ध्वन्यात्मक संकेतों में है। इसमें कवि को विलक्षण सफलता यह मिली है कि उसने कहीं भी कोई भी वस्तु निष्प्रयोजन नहीं कही। कोई भी पात्र, कोई भी कथोपकथन, कोई भी घटना, कोई भी प्राकृतिक दृश्य निष्प्रयोजन नहीं है। सभी घटनाएँ या दृश्य आगे आने वाली घटनाओं का संकेत चमत्कारिक रीति से पहले ही दे देते हैं। नाटक के प्रारम्भ में ही ग्रीष्म-वर्णन करते हुए वन-वायु के पाटल की सुगन्धि से मिलकर सुगन्धित हो उठने और छाया में लेटते ही नींद आने लगने और दिवस का अन्त रमणीय होने के द्वारा नाटक की कथावस्तु की मोटे तौर पर सूचना दे दी गई है, जो क्रमशः पहले शकुन्तला और दुष्यन्त के मिलन, उसके बाद नींद-प्रभाव से शकुन्तला को भूल जाने और नाटक का अन्त सुखद होने की सूचक है। इसी प्रकार नाटक के प्रारम्भिक गीत में भ्रमरों द्वारा शिरीष के फूलों को ज़रा-ज़रा-सा चूमने से यह संकेत मिलता है कि दुष्यन्त और शकुन्तला का मिलन अल्पस्थायी होगा। जब राजा धनुष पर बाण चढ़ाए हरिण के पीछे दौड़े जा रहे हैं, तभी कुछ तपस्वी आकर रोकते हैं। कहते हैं : ''महाराज, यह आश्रम का हरिण है, इस पर तीर न चलाना।' यहाँ हरिण से हरिण के अतिरिक्त शकुन्तला की ओर भी संकेत है, जो हरिण के समान ही भोली-भाली और असहाय है। 'कहाँ तो हरिणों का अत्यन्त चंचल जीवन और कहाँ तुम्हारे वज्र के समान कठोर बाण!' इससे भी शकुन्तला की असहायता और सरलता तथा राजा की निष्ठुरता का मर्मस्पर्शी संकेत किया गया है। जब दुष्यन्त और शकुन्तला का प्रेम कुछ और बढ़ने लगता है, तभी नेपथ्य से पुकार सुनाई पड़ती है कि 'तपस्वियो, आश्रम के प्राणियों की रक्षा के लिए तैयार हो जाओ। शिकारी राजा दुष्यन्त यहाँ आया हुआ है।' इसमें भी दुष्यन्त के हाथों से शकुन्तला की रक्षा की ओर संकेत किया गया प्रतीत होता है, परन्तु यह संकेत किसी के भी कान में सुनाई नहीं दिया; शकुन्तला को किसी ने नहीं बचाया। इससे स्थिति की करुणाजनकता और भी अधिक बढ़ जाती है। चौथे अंक के प्रारम्भिक भाग में कण्व के शिष्य ने प्रभात का वर्णन करते हुए सुख और दुःख के निरन्तर साथ लगे रहने का तथा प्रिय के वियोग में स्त्रियों के असह्य दुःख का जो उल्लेख किया है, वह दुष्यन्त द्वारा शकुन्तला का परित्याग किए जाने के लिए पहले से ही पृष्ठभूमि-सी बना देता है। पाँचवें अंक में रानी हंसपदिका एक गीत गाती हैं, जिसमें राजा को उनकी मधुकर-वृत्ति के लिए उलाहना दिया गया है। दुष्यन्त भी यह स्वीकार करते हैं कि उन्होंने हंसपदिका से एक ही बार प्रेम किया है। इससे कवि यह गम्भीर संकेत देता है कि भले ही शकुन्तला को दुष्यन्त ने दुर्वासा के शाप के कारण भूलकर छोड़ा, परन्तु एक बार

प्यार करने के बाद रानियों की उपेक्षा करना उसके लिए कोई नई बात नहीं थी। अन्य रानियाँ भी उसकी इस मधुकर-वृत्ति का शिकार थीं। हंसपदिका के इस गीत की पृष्ठभूमि में शकुन्तला के परित्याग की घटना और भी क्रूर और कठोर जान पड़ती है। इसी प्रकार के ध्वन्यात्मक संकेतों से कालिदास ने सातवें अंक में दुष्यन्त, शकुन्तला और उसके पुत्र के मिलने के लिए सुखद पृष्ठभूमि तैयार कर दी है। इन्द्र राजा दुष्यन्त को अपूर्व सम्मान प्रदान करते हैं। उसके बाद हेमकूट पर्वत पर प्रजापति के आश्रम में पहुँचते ही राजा को अनुभव होने लगता है कि जैसे वह अमृत के सरोवर में स्नान कर रहे हों। इस प्रकार के संकेतों के बाद दुष्यन्त और शकुन्तला का मिलन और भी अधिक मनोहर हो उठता है।

काव्य-सौन्दर्य

'अभिज्ञान शाकुन्तल' में नाटकीयता के साथ-साथ काव्य का अंश भी यथेष्ट मात्रा में है। इसमें श्रृंगार मुख्य रस है; और उसके संयोग तथा वियोग दोनों ही पक्षों का परिपाक सुन्दर रूप में हुआ है। इसके अतिरिक्त हास्य, वीर तथा करुण रस की भी जहाँ-तहाँ अच्छी अभिव्यक्ति हुई है। स्थान-स्थान पर सुन्दर उपमाएँ और मनोहारिणी उत्प्रेक्षाएँ न केवल पाठक को चमत्कृत कर देती हैं, किन्तु अभीष्ट भाव की तीव्रता को बढ़ाने में भी सहायक होती हैं। सारे नाटक में कालिदास ने अपनी उपमाओं और उत्प्रेक्षाओं का उपयोग कहीं भी केवल अलंकार-प्रदर्शन के लिए नहीं किया। प्रत्येक स्थान पर उनकी उपमा या उत्प्रेक्षा अर्थ की अभिव्यक्ति को रसपूर्ण बनाने में सहायक हुई है। कालिदास अपनी उपमाओं के लिए संस्कृत-साहित्य में प्रसिद्ध हैं। शाकुन्तल में भी उनकी उपयुक्त उपमा चुनने की शक्ति भली-भाँति प्रकट हुई। शकुन्तला के विषय में एक जगह राजा दुष्यन्त कहते हैं कि 'वह ऐसा फूल है, जिसे किसी ने सूँघा नहीं है; ऐसा नवपल्लव है, जिस पर किसी के नखों की खरोंच नहीं लगी; ऐसा रत्न है, जिसमें छेद नहीं किया गया और ऐसा मधु है, जिसका स्वाद किसी ने चखा नहीं है।' इन उपमाओं के द्वारा शकुन्तला के सौन्दर्य की एक अनोखी झलक हमारी आँखों के सामने आ जाती है। इसी प्रकार पाँचवें अंक में दुष्यन्त शकुन्तला का परित्याग करते हुए कहते हैं कि 'हे तपस्विनी, क्या तुम वैसे ही अपने कुल को कलंकित करना और मुझे पतित करना चाहती हो, जैसे तट को तोड़कर बहने वाली नदी तट के वृक्ष को तो गिराती ही है, अपने जल को भी मलिन कर लेती है।' यहाँ शकुन्तला की तट को तोड़कर बहने वाली नदी से दी गई उपमा राजा के मनोभाव को व्यक्त करने में विशेष रूप से सहायक होती है। इसी प्रकार जब कण्व के शिष्य शकुन्तला

को साथ लेकर दुष्यन्त के पास पहुँचते हैं तो दुष्यन्त की दृष्टि उन तपस्वियों के बीच में शकुन्तला के ऊपर जाकर पड़ती है। वहाँ शकुन्तला के सौन्दर्य का विस्तृत वर्णन न करके कवि ने उनके मुख से केवल इतना कहलवा दिया है कि 'इन तपस्वियों के बीच में वह घूँघट वाली सुन्दरी कौन है, जो पीले पत्तों के बीच में नई कोंपल के समान दिखाई पड़ रही है।' इस छोटी-सी उपमा ने पीले पत्ते और कोंपल की सदृश्यता के द्वारा शकुन्तला के सौन्दर्य का पूरा ही चित्रांकन कर दिया है। इसी प्रकार सर्वदमन को देखकर दुष्यन्त कहते हैं कि 'यह प्रतापी बालक उस अग्नि के स्फुलिंग की भाँति प्रतीत होता है, जो धधकती आग बनने के लिए ईंधन की राह देखता है।' इस उपमा से कालिदास ने न केवल बालक की तेजस्विता प्रकट कर दी, बल्कि यह भी स्पष्ट रूप से सूचित कर दिया है कि यह बालक बड़ा होकर महाप्रतापी चक्रवर्ती सम्राट् बनेगा। इस प्रकार की मनोहर उपमाओं के अनेक उदाहरण शाकुन्तल में से दिए जा सकते हैं क्योंकि शाकुन्तल में 180 उपमाएँ प्रयुक्त हुई हैं और उनमें से सभी एक से एक बढ़कर हैं।

यह ठीक है कि उपमा के चुनाव में कालिदास को विशेष कुशलता प्राप्त थी और यह भी ठीक है कि उनकी-सी सुन्दर उपमाएँ अन्य कवियों की रचनाओं में दुर्लभ हैं, फिर भी कालिदास की सबसे बड़ी विशेषता उपमा-कौशल नहीं है। उपमा-कौशल तो उनके काव्य-कौशल का एक सामान्य-सा अंग है। अपने मनोभाव को व्यक्त करने अथवा किसी रस का परिपाक करने अथवा किसी भाव की तीव्र अनुभूति को जगाने की कालिदास अनेक विधियाँ जानते हैं। शब्दों का प्रसंगोचित चयन, अभीष्ट भाव के उपयुक्त छन्द का चुनाव और व्यंजना-शक्ति का प्रयोग करके कालिदास शकुन्तला के सौन्दर्य-वर्णन पर उतरे हैं, वहाँ उन्होंने केवल उपमाओं और उत्प्रेक्षाओं द्वारा शकुन्तला का रूप चित्रण करके ही सन्तोष नहीं कर लिया है। पहले-पहल तो उन्होंने केवल इतना कहलवाया कि 'यदि तपोवन के निवासियों में इतना रूप है, तो समझो कि वन-लताओं ने उद्यान की लताओं को मात कर दिया।' फिर दुष्यन्त के मुख से उन्होंने कहलवाया कि 'इतनी सुन्दर कन्या को आश्रम के नियम-पालन में लगाना ऐसा ही है जैसे नील कमल की पंखुरी से बबूल का पेड़ काटना।' उसके बाद कालिदास कहते हैं कि 'शकुन्तला का रूप ऐसा मनोहर है कि भले ही उसने मोटा वल्कल वस्त्र पहना हुआ है, फिर भी उससे उसका सौन्दर्य कुछ घटा नहीं, बल्कि बढ़ा ही है। क्योंकि सुन्दर व्यक्ति को जो भी कुछ पहना दिया जाए वही उसका आभूषण हो जाता है।' उसके बाद राजा शकुन्तला की सुकुमार देह की तुलना हरी-भरी, फूलों से लदी लता के साथ करते हैं, जिससे उस विलक्षण सौन्दर्य का स्वरूप पाठक की आँखों

के सामने चित्रित-सा हो उठता है। इसके बाद उस सौन्दर्य की अनुभूति को चरम सीमा पर पहुँचाने के लिए कालिदास एक भ्रमर को ले आए हैं; जो शकुन्तला के मुख को एक सुन्दर खिला हुआ फूल समझकर उसका रसपान करने के लिए उसके ऊपर मंडराने लगता है। इस प्रकार कालिदास ने शकुन्तला के सौन्दर्य को चित्रित करने के लिए अलंकारों का सहारा नहीं लिया, जितना कि व्यंजनाशक्ति का; और यह व्यंजना-शक्ति ही काव्य की जान मानी जाती है।

कालिदास की सौन्दर्य-धारणा

कालिदास ने केवल शारीरिक सौन्दर्य को ही सब कुछ नहीं माना। शारीरिक सौन्दर्य व्यर्थ और अनाकर्षक बन जाता है, यदि उसके साथ ही साथ मानसिक सौन्दर्य भी न हो। यदि शकुन्तला शारीरिक दृष्टि से तो सुन्दर होती, परन्तु स्वभाव से कुटिल, ईर्ष्यालु या कटुभाषिणी होती, तो वह कालिदास की नायिका न बन पाती। कालिदास ने शरीर-सौन्दर्य को मानसिक सौन्दर्य के साथ मिलाकर अद्‌भुत लावण्य-सृष्टि की है। उनकी शकुन्तला तपोवन में रही है, इसलिए नगरों में होने वाले छल-प्रपंचों से वह अपरिचित है। स्नेह उसके मन में लबालब भरा है। आश्रम के पौधों और बेलों को बिना सींचे वह स्वयं पानी भी नहीं पीती। आश्रम के मृग उसके साथ खूब परिचित हैं और उससे वह भाई-बहिन का-सा और यहाँ तक कि पुत्र का-सा प्रेम करती है। उसकी प्रियंवदा और अनसूया सखियाँ उसके समान ही सरल और मधुर स्वभाव की हैं। दूसरों के कष्टों को कम करना ही जैसे इनके जीवन का एकमात्र कार्य है। दूसरे को दुःख देना या सताना आश्रम के नियमों के प्रतिकूल है। इस सरलता, मधुरता, सेवा और स्नेह की वृत्ति ने शकुन्तला को एक विलक्षण आन्तरिक सौन्दर्य प्रदान किया है, जो उसके अनुपम बाह्य सौन्दर्य से भी बढ़कर है।

कालिदास प्रसंग के अनुसार कहीं तो विस्तृत वर्णन द्वारा भाव को जाग्रत करते हैं और कहीं बहुत ही संक्षिप्त-सी टकोर देकर उसे व्यंजना-शक्ति से ही प्रकट कर देते हैं। जैसे शकुन्तला को देखकर दुष्यन्त कहते हैं, 'अहा! आँखों को चैन पड़ गया है।' इस एक वाक्य से ही आँखों को शीतल कर देने वाले शकुन्तला के मनोहारी रूप का स्पष्ट आभास पाठक को हो जाता है। इसी प्रकार दुष्यन्त और शकुन्तला का प्रेमालाप भी कालिदास ने संक्षिप्त ही रखा है। किन्तु भावाभिव्यक्ति की दृष्टि से इसे संक्षिप्त नहीं कहा जा सकता। जब दुष्यन्त तपोवन से विदा लेकर अपनी राजधानी में लौट आए और उन्होंने शकुन्तला की कोई खबर नहीं ली, तो उस प्रसंग

में विरह-व्यथा को प्रकट करने के लिए बहुत कुछ लिखा जा सकता था या शकुन्तला के मुख से कहलवाया जा सकता था परन्तु कालिदास ने इसके लिए कुछ भी उद्योग नहीं किया। केवल दुर्वासा के आगमन और शकुन्तला के दुष्यन्त के ध्यान में मग्न होने के कारण उनकी अवहेलना द्वारा ही शकुन्तला की करुणाजनक मनोदशा की झाँकी दे दी। इसी प्रकार पतिगृह को जाते समय शकुन्तला की व्यथा तथा कण्व और सखियों का स्नेह बहुत ही संक्षिप्त व्यंजनाओं में प्रकट हुआ है। जब दुष्यन्त की राजसभा में राजा ने शकुन्तला को निरादरपूर्वक त्याग दिया, उस समय शकुन्तला के विभिन्न मनोभाव भय, लज्जा, अभिमान, अनुनय, भर्त्सना और विलाप सभी कुछ कवि ने चित्रित किए हैं। परन्तु उनके लिए शब्द बहुत ही परिमित व्यय किए गए हैं। जिस शकुन्तला ने विश्वास के साथ सरल भाव से अपने-आपको दुष्यन्त को समर्पित कर दिया था, वह ऐसे दारुण अपमान के समय अपनी सलज्ज मर्यादा की रक्षा कैसे करेगी, यह एकाएक पाठक के लिए कल्पना कर पाना सम्भव नहीं होता। परन्तु कालिदास ने इस परिस्थिति का निर्वाह महाकवि की कुशलता के साथ किया है। इस परित्याग के उपरान्त की नीरवता और भी अधिक व्यापक, गम्भीर और प्रभावशालिनी है। इतनी बड़ी दुर्घटना हो जाने पर भी कण्व मूक रहते हैं, प्रियंवदा और अनसूया-सी स्नेहमयी सखियाँ क्या करती हैं, कुछ पता नहीं चलता। कण्वाश्रम की वन-देवलताएँ भी निश्चेष्ट रहती हैं और स्वयं शकुन्तला भी मानो नीरवता की मूर्ति-सी बनकर रह जाती है। हृदय की भावनाओं को जगाने के लिए ऐसी नीरव निश्चेष्टता का प्रयोग हमें अन्यत्र कहीं दिखाई नहीं पड़ता।

पात्र और चरित्र-चित्रण

कालिदास ने अपने पात्रों के चरित्र-चित्रण में भी निपुणता प्रदर्शित की है। यों नाटक के मुख्य पात्र शकुन्तला और दुष्यन्त हैं, किन्तु प्रियंवदा, अनसूया और माधव्य भी नाटक में महत्त्वपूर्ण भाग लेते हैं। इनके अतिरिक्त शार्ङ्गरव, गौतमी, धीवर और सूचक तथा जानुक नाम के सिपाहियों के चरित्र भी संक्षेप में, किन्तु स्पष्टता के साथ चित्रित हुए हैं। शकुन्तला हमारे सम्मुख एक अभागी सुन्दरी के रूप में प्रकट होती है उसका जन्म महाप्रतापी ऋषि विश्वामित्र तथा अप्सरा मेनका से हुआ है। उसका रूप विलक्षण है। किन्तु जन्मकाल से ही उसे माता की गोद से अलग रहना पड़ा। अपना बाल्यकाल तपोवन में बिताने के कारण उसमें अनेक सद्‌गुण आ गए हैं। स्नेह, ममता और सेवा की भावना उसके रोम-रोम में समा गई। दुष्यन्त से गान्धर्व विवाह कर लेने के बाद भाग्य उस पर फिर रुष्ट होता है। दुष्यन्त शापवश उसे भूल जाते हैं और उसका त्याग कर देते हैं।

इस अवसर पर उसका एक और रूप भी दिखाई पड़ता है, जिसमें वह राजा की विश्वासघातकता के लिए उनकी उग्र रूप में भर्त्सना करती है। किन्तु भारतीय परम्परा के अनुसार वह दुष्यन्त के लिए कोई अहितकामना नहीं करती और न इसका कुछ प्रतिशोध ही चाहती है। नाटक के अन्त में हमें उसकी क्षमाशीलता का एक और नया रूप दिखाई देता है। दुष्यन्त द्वारा किए गए सारे निरादर और तिरस्कार को वह खुले हृदय से क्षमा कर देती है; और जीवन में यह क्षमा ही समस्त मंगल की मूल है। परिणामस्वरूप दुष्यन्त, शकुन्तला और सर्वदमन का मंगलमय मिलन होता है।

दुष्यन्त का चरित्र कालिदास को महाभारत से अपरिष्कृत रूप में प्राप्त हुआ। महाभारत के दुष्यन्त कालिदास के नायक बनने योग्य नहीं। जान-बूझकर विश्वासघात करने वाला व्यक्ति श्रद्धा का पात्र नहीं हो सकता। इसलिए कालिदास को दुर्वासा के शाप की कथा आविष्कृत करनी पड़ी। इसके पश्चात् दुष्यन्त एक धीरोदात्त नायक के रूप में हमारे सामने आते हैं। वे प्रतापी और पराक्रमी हैं। ललित कलाओं के मर्मज्ञ हैं, स्वयं कुशल चित्रकार हैं, ऋषि-मुनियों के प्रति उनके मन में सम्मान है। वे धर्मपरायण हैं। शकुन्तला की अभिलाषा करने से पहले वे यह जान लेना चाहते हैं कि वह अविवाहिता है या नहीं; और साथ ही यह भी कि जाति की दृष्टि से उनके साथ उसका विवाह हो पाना सम्भव है या नहीं। इसके बाद भी दुष्यन्त के चरित्र में कुछ ऐसी दुर्बलताएँ भी हैं, जो यदि मनुष्य में न हों तो वह देवता बन जाए। कालिदास के दुष्यन्त मनुष्य हैं। वे मर्यादापुरुषोत्तम राम की भाँति नहीं हैं। सौन्दर्य पर वे फिसल जाते हैं। शकुन्तला को लता-कुंजों की आड़ में से देखने में उन्हें बुराई नहीं मालूम होती। प्रियंवदा और अनूसया के पूछने पर अपना गलत परिचय देना भी उन्हें अनुचित नहीं लगता। शकुन्तला के प्रेम में फँसकर वे माता की आज्ञा को टाल जाते हैं और माधव्य को राजधानी लौटाते समय उससे झूठ भी बोलते हैं। शकुन्तला से गांधर्व-विवाह करने के बाद भी उनमें इतना साहस नहीं है कि वे कण्व के आने तक टिके रहें। उससे पहले ही वे हस्तिनापुर लौट जाते हैं। यह सब दुष्यन्त की मानवीय दुर्बलताओं का ही रूप है। राजधानी में आकर वे शकुन्तला को भूल जाते हैं। यदि इसमें दुर्वासा का शाप कारण न होता, तो इसमें दुष्यन्त की ऐसी नीचता सूचित होती, जिसके समर्थन में कुछ भी न कहा जा सकता। परन्तु कालिदास ने उन्हें उस कलंक से बचाकर धीरे-धीरे उनके चरित्र को इतना ऊँचा उठाया है कि वे भारतीय समाज के अत्यधिक आदरणीय व्यक्तियों में गिने जा सकते हैं। शकुन्तला को देखकर वे मुग्ध अवश्य हुए हैं, किन्तु हर स्त्री की ओर घूरना उनके स्वभाव में नहीं है। पाँचवें अंक में

कवि ने उनके मुख से कहलवाया है, 'पराई-स्त्री की ओर नहीं देखना चाहिए।' और सातवें अंक में कहलवाया है कि 'पराई स्त्री के विषय में पूछना-ताछना ठीक नहीं।' शकुन्तला को वह केवल इसलिए त्याग देते हैं, क्योंकि उन्हें सन्देह है कि वह किसी अन्य की पत्नी है, यहाँ तक कि प्रतिहारी को भी यह कहना पड़ता है कि 'हमारे महाराज कितने धर्मपरायण हैं! नहीं तो ऐसे सुन्दर रूप को देखकर और कौन ऐसा है, जो पल-भर भी विचार करे?' छठे अंक में राजा की कर्तव्यपरायणता चित्रित की गई है। शकुन्तला के विरह में वे अत्यधिक खिन्न हैं। दुःख के कारण उन्होंने वसंतोत्सव रुकवा दिया है, फिर भी वे अपने राज्य का सारा कार्य देखते-भालते हैं। उन्होंने व्यापारी धनमित्र की मृत्यु के अवसर पर यह घोषणा करवा दी है कि 'प्रजा में से जिस किसी व्यक्ति का कोई इष्टबन्धु मर जाए, पापियों के अतिरिक्त अन्य सब लोग अपना वह बन्धु दुष्यन्त को ही समझ लें।' अपनी प्रजा के दुःख को अपने दुःख में मिला लेने का उनका यह कार्य उनकी विशालहृदयता का सूचक है।

इन दो चरित्रों के अतिरिक्त कालिदास ने स्नेहशील पिता कण्व और स्नेहमयी, दूरदर्शिनी, व्यवहारकुशल और मधुरभाषिणी अनसूया और प्रियंवदा का भी चित्रण किया है, किन्तु ये दोनों सखियाँ चौथे अंक के बाद नाटक के रंगमंच पर एक बार भी नहीं आतीं। विदूषक माधव्य नाटक की रूढ़ियों के अनुसार ही डरपोक, भोजनप्रिय और परिहासशील है। दरिद्र धीवर और बिल्कुल आज के-से सिपाहियों का चित्रण भी सुन्दर बन पड़ा है।

इस नाटक में कालिदास ने साहित्य-शास्त्र के सब नियमों का पूरा पालन किया है। बल्कि कभी-कभी तो यह सन्देह होने लगता है कि साहित्य-शास्त्र के नाटक-सम्बन्धी नियम कहीं इस तथा ऐसे ही अन्य दो-एक नाटकों के आधार पर तो नहीं बना दिए गए।

उस काल की सामाजिक और राजनीतिक दशा

'अभिज्ञान शाकुन्तल' से हमें कालिदास के समय की परिस्थितियों का बहुत कुछ आभास मिल जाता है। इसमें अपने समय की सामाजिक, राजनीतिक तथा धार्मिक जीवन की विभिन्न दशाओं के सच्चे चित्र उपस्थित किए गए हैं। उस समय राजा तथा अन्य समृद्ध व्यक्ति अनेक स्त्रियों से विवाह किया करते थे। पुरुष स्त्रियों के साथ सम्मानपूर्वक व्यवहार करते थे। पुत्र का न होना बुरा माना जाता था। पति का पत्नी पर पूरा अधिकार होता था। उस समय कन्याएँ शिक्षित होती थीं और उनका विवाह बड़ी आयु में होता था। उच्च कुलों की स्त्रियाँ सामान्य लोगों

के सामने बिना परदा किए नहीं निकलती थीं। इसी कारण शकुन्तला भी दुष्यन्त की राजसभा में घूँघट निकालकर ही प्रविष्ट हुई थी। स्त्रियों को सामान्य पढ़ाई-लिखाई के अतिरिक्त अन्य कलाओं की भी शिक्षा दी जाती थी। उस समय के लोग शकुन-अपशकुनों का काफी विचार करते थे। स्थान-स्थान पर तपोवन और आश्रम होते थे, जिनकी रक्षा राजा को करनी पड़ती थी। इन तपोवनों का वातावरण शान्त और पवित्र था। इन तपोवनों में इस बात पर विशेष ध्यान रखा जाता था कि किसी भी प्राणी को सताया न जाए। इन तपोवनों के निवासी नागरिक लोगों से भिन्न प्रकार का जीवन व्यतीत करते थे। यह जीवन कठोर और तपस्यापूर्ण होता था। नागरिक लोग रेशमी वस्त्र तथा अन्य आभूषण धारण करते थे, किन्तु तपोवन में वल्कल वस्त्र ही पहने जाते थे और आभूषणों का प्रयोग नहीं होता था। मालूम होता है कि उस समय वर्णाश्रम-व्यवस्था प्रचलित थी। वैश्य लोग समुद्र-यात्राओं द्वारा धनसंचय करते थे; क्षत्रिय राजा राज्य की रक्षा और दुष्टों के दमन में तत्पर रहते थे; ब्राह्मण लोग यज्ञ इत्यादि धार्मिक कृत्यों में लगे रहते थे। परम्परागत व्यवसाय चाहे बुरा ही क्यों न हो, फिर भी निन्दनीय नहीं समझा जाता था। राजा अपनी प्रजा का पालन सन्तान के समान करते थे। लोग गृहस्थाश्रम पूरा करने के बाद वानप्रस्थी हो जाते थे। राजा कर के रूप में अपनी प्रजा से आय का छठा भाग लेता था। यदि कोई व्यक्ति निःसन्तान मर जाए, तो उसकी सम्पत्ति राजकोष में चली जाती थी। राजा लोग भी वृद्ध हो जाने पर पुत्र को राज्य सौंपकर वानप्रस्थी हो जाते थे। उस समय के पुलिस-अधिकारी भी आजकल के पुलिस-अधिकारियों के समान ही रिश्वतखोर थे और अपराधी या निरपराध का विचार किए बिना अभियुक्तों को सताने में आनन्द लेते थे।

कालिदास मुख्यतया सौन्दर्यप्रेमी कवि हैं। उन्हें जहाँ कहीं भी सौन्दर्य दिखाई पड़ा है, उसका चित्रण उन्होंने किया है। प्रकृति तथा आकृति, इस प्रकार के सौन्दर्य के वर्णन में उनकी वृत्ति खूब रमी है। कालिदास की सभी रचनाओं का मुख्य विषय श्रृंगार है। कहा जाता है कि श्रृंगार के ललित वर्णन में कालिदास से टक्कर कोई भी कवि नहीं ले सकता। श्रृंगार रस का स्थायी भाव प्रेम या रति होता है। सौन्दर्य और प्रेम का लगभग साहचर्य ही है। सौन्दर्य प्रेम को जगाता है और प्रेम असुन्दर को भी सुन्दर बना देता है। कालिदास ने जिस सौन्दर्य का अपने कवि-नेत्रों से साक्षात्कार किया था, वह सृष्टि के अनेक रूपों में सर्वत्र व्याप्त है। मानव-सौन्दर्य उसका केवल एक अंग है। कालिदास ने न केवल शाकुन्तल में, बल्कि 'कुमारसम्भव' और 'रघुवंश' में भी नारी-सौन्दर्य की उपमा लताओं और पुष्पों से दी है। स्पष्ट है कि कालिदास की दृष्टि से सौन्दर्य जड़, चेतन सभी में समान रूप से व्याप्त था।

प्रकृति-प्रेम

कालिदास का प्रकृति के प्रति बड़ा गहरा अनुराग है। प्रकृति के साथ ऐसी गहरी आत्मीयता हमें अन्य थोड़े ही कवियों में उपलब्ध होती है। शाकुन्तल में न केवल हरिण और मोर शकुन्तला के सहचर हैं, बल्कि वहाँ की वनज्योत्स्ना लता उसकी बहिन है, जिसका विवाह एक आम के पेड़ से कराया गया है। वहाँ के पौधों से उसे सगे भाइयों का-सा स्नेह है। कालिदास की इस क्रान्तिदर्शी 'कवि-कल्पना' के पीछे कुछ गहरा सत्य छिपा दिखाई पड़ता है। साथ रहते-रहते पशु-पक्षी मनुष्यों से परिचित हो जाते हैं। वे उनसे स्नेह करने लगते हैं, और ऐसे उदाहरण कम नहीं हैं, जहाँ कि ये परिचित पशु-पक्षी अपने साथ रहने वाले मनुष्यों के सुख-दुख में हिस्सा बँटाते देखे जाते हैं।

परन्तु अब यह असंदिग्ध रूप से प्रमाणित हो चुका है कि वृक्षों और लताओं में भी वैसा ही जीवन है, जैसा पशु-पक्षियों और मनुष्यों में। ये वृक्ष भी सुखी और दुःखी होते हैं। तो क्या यह सम्भव नहीं है कि देर तक साथ रहने के कारण ये जीवित वृक्ष और लताएँ भी मानव-प्राणियों के साथ उसी प्रकार परिचित हो जाएँ और सुख-दुःख में सहानुभूति जताएँ, जैसा पशु और पक्षी करते हैं?

कालिदास ने इस एकात्मकता को भली-भाँति अनुभव किया था। इसीलिए उनके वर्णनों में मानव और प्रकृति एक-दूसरे से इतने घनिष्ठ रूप से गुंथे हुए हैं कि दोनों का सौन्दर्य अलग-अलग कर पाना कठिन है। सभी जगह प्रकृति मानव-सौन्दर्य की होड़ करने के लिए आ पहुँचती है। नारी-देह को फूलों से लदी चलती-फिरती बेल की उपमा कालिदास को बहुत रुची थी। इसका उन्होंने कई स्थानों पर प्रयोग किया है। वन के फूल कहीं तो उनकी नायिकाओं के अंगों से होड़ लेने लगते हैं और फिर कहीं वे ही उनकी नायिकाओं के श्रृंगार की सामग्री बनकर उनकी शोभा-वृद्धि करने लगते हैं।

कालिदास की प्रकृति मनुष्य की भावनाओं के साथ पूरी सहानुभूति प्रकट करती है। जब शकुन्तला का हृदय कण्वाश्रम से विदा होते समय शोक से उच्छ्वसित हो उठा, तब वहाँ के मोरों ने नाचना बन्द कर दिया; हरिणियों ने न केवल घास चरनी ही बन्द कर दी, बल्कि शोर के मारे आधी चबाई घास को भी उगलकर खड़ी रह गईं। लताओं से पीले पत्ते झरने लगे। जब कण्व ने आश्रम के वृक्षों से शकुन्तला को पति के घर जाने की अनुमति देने को कहा, तो उत्तर में कोयल ने पंचम स्वर में कूककर उसे जाने की अनुमति दी। उसके पाले हुए हरिण ने पीछे से आकर उसका आँचल पकड़ लिया; जैसे जाने ही न देना चाहता हो। सारे 'अभिज्ञान शाकुन्तल' में माधवी लता, भ्रमर, चकवा-चकवी, हरिण, आम की

मंजरियाँ और लताएँ उतना ही स्थान घेरकर खड़ी हैं, जितना अन्य मानव-पात्र। वस्तुतः शाकुन्तल नाटक के पात्रों की गणना करते समय इनकी भी गणना करना उचित है। जो स्थान प्रियंवदा और अनसूया का है, वनज्योत्स्ना का उससे कुछ कम नहीं। प्रकृति के साथ मानव की यह एकात्मकता कालिदास के हाथ में आकर काव्य का अत्यन्त सरस और मर्मस्पर्शी आधार बन गई है।

इसके अतिरिक्त कालिदास ने मनुष्य-स्वभाव और बाह्य प्रकृति के दृश्यों में विचित्र सामंजस्य स्थापित किया है। एक ओर दुष्यन्त शकुन्तला से अल्पकालीन प्रेम के बाद उसका परित्याग कर देते हैं, दूसरी ओर भ्रमर शिरीष के कुसुमों को क्षण-भर चूमने के बाद छोड़कर कहीं और उड़ जाते हैं। इसी प्रकार एक ओर दुष्यन्त के विरह में शकुन्तला खिन्न और उदास हो गई है, तो दूसरी ओर चन्द्रमा के छिप जाने पर कुमुदिनी की कान्ति भी मलिन हो गई है। इस प्रकार मानव-भावनाओं और प्राकृतिक दृश्यों के परस्पर सादृश्य से भी कालिदास ने भावों की सुन्दर व्यंजना की है।

शब्द-चित्र

कालिदास ने अनेक स्थानों पर बड़े सुन्दर-से चित्र खींचे हैं। उनके शब्द-चित्र उनकी शैली की एक और विशेषता है। शब्द-चित्र प्रस्तुत करते हुए कालिदास का सारा ध्यान इस बात पर रहता है कि उन बातों का विशेष रूप से वर्णन कर दिया जाए, जो संक्षेप में अधिक से अधिक स्पष्ट रूप में वस्तु का रूप आँखों के सामने चित्रित कर सकें। पहले अंक में शिकारी के तीर से डरकर भागते हुए हरिण का वर्णन देखिए। 'यह हरिण बार-बार गर्दन मोड़कर पीछे की ओर रथ को देखने लगता है और फिर चौकड़ी भरने लगता है। तीर लगने के भय से उसके शरीर का पिछला आधा भाग मानो अगले आधे भाग में धँसा-सा जा रहा है। दौड़ने की थकान से उसका मुँह खुल गया है और उसमें से अधचबी घास के तिनके रास्ते में गिर रहे हैं। उसकी चाल ऐसी तेज़ है कि वह मानो आकाश ही आकाश में उड़ा चला जा रहा है।' इस वर्णन के द्वारा कालिदास ने जान बचाकर चौकड़ी भरते हुए हरिण का जीता-जागता चित्र हमारे सामने खींच दिया है। इसी प्रकार कण्वाश्रम के पास पहुँचते हुए राजा जिन परिस्थितियों को देखकर कण्वाश्रम का अनुमान कर लेता है, वे भी तपोवन के चित्र के समान ही हैं। 'पेड़ों के खोखले कोटर में तोते निवास करते हैं। उनके द्वारा लाए गए धान के दाने खोखलों में से गिरकर पेड़ों की जड़ों के पास बिखर गए हैं। कहीं ऋषियों ने पत्थरों से इंगुदी के फल तोड़े हैं जिनसे पत्थर चिकने हो गए हैं। और ये चिकने पत्थर जगह-जगह बिखरे पड़े हैं। इस प्रदेश के हरिण मनुष्य की अथवा रथ की आवाज़ को सुनकर

भयभीत होकर भागते नहीं हैं, क्योंकि वे मनुष्यों से परिचित प्रतीत होते हैं। और नदी से जल लाने के रास्ते पर वल्कल वस्त्रों के छोर से चूने वाले जल-बिन्दुओं की पंक्तियाँ बनी दिखाई पड़ रही हैं।' इसी प्रकार जब प्रियंवदा ने शकुन्तला से कहा कि 'तुझ पर मेरे दो जलसिंचन चढ़े हुए हैं, उन्हें उतारकर जाना' तो दुष्यन्त कहने लगे कि 'यह तो पहले से ही पेड़ों को सींचने के कारण थकी दिखाई पड़ रही है।' अब वृक्षों को सींचने से थकी हुई सुन्दरी का चित्र देखिए। 'कन्धे ज़रा नीचे को झुक गए हैं। घड़ा उठाने के कारण हथेलियाँ खूब लाल हो उठी हैं। साँस तेज़ी से चल रही है, जिसके कारण स्तन हिलते हुए-से दीख रहे हैं। कान पर शृंगार के लिए जो शिरीष का फूल पहना गया था, उसकी पंखुरियाँ मुँह पर आए हुए पसीने की बूँदों के कारण गालों से चिपक गई हैं। जूड़ा खुल गया है, इसीलिए उसने एक हाथ से अपने बालों को संभाला हुआ है।' किसी भी चित्रकार के लिए इस परिश्रान्ता शकुन्तला का चित्र खींचने के लिए यह वर्णन पर्याप्त है। इस प्रकार का वर्णन केवल वही कलाकार कर सकता है। जिसने या तो शकुन्तला का चित्र स्वयं बनाया हो अथवा बहुत ही स्पष्ट रूप में अपने मानसचक्षुओं से देखा हो। कालिदास ने अपने नायक दुष्यन्त को चित्रकार के रूप में प्रस्तुत किया है। उसकी चित्रकला की सुरुचि को प्रदर्शित करने के लिए छठे अंक में कालिदास ने एक श्लोक दिया। दुष्यन्त ने शकुन्तला का एक चित्र बनाया है। चित्र बहुत सुन्दर बना है। चित्र को देखने पर उसके वास्तविक होने का भ्रम होता है। दुष्यन्त ने उसमें अनेकानेक सुधार कए हैं, फिर भी उन्हें किसी तरह यह सन्तोष नहीं हो रहा है कि यह पूरा हो गया। अभी उसमें बहुत कुछ बनाने को शेष है। पूछने पर वह बताते हैं कि 'अभी इसमें मालिनी नदी चित्रित करनी है, जिसकी रेती में हंसों के जोड़े बैठे हुए हों। उस मालिनी नदी के दोनों ओर हिमालय की तराई चित्रित करनी है, जिसमें हरिणों का झुण्ड विश्राम कर रहा हो। एक पेड़ बनाना है, जिसके ऊपर वल्कल वस्त्र लटके हुए हों और उस वृक्ष के नीचे एक काले हरिण के सींग से अपनी बाईं आँख को खुजाती हुई एक हरिणी बैठी हो। इसके साथ ही शकुन्तला के कानों में गालों तक झूलते हुए शिरीष के फूल और छाती पर स्तनों के बीच में शरद् ऋतु के चन्द्रमा की किरणों के समान सुकुमार कमलनाल की माला भी चित्रित करनी है।' इन वर्णनों से जहाँ पाठक के सम्मुख कालिदास अपने नायक की कुशल चित्रकारिता प्रकट करने में सफल हुए हैं, वहाँ आलोचक की दृष्टि में यह बात भी स्पष्ट हो जाती है कि कालिदास स्वयं भी निपुण चित्रकार थे; अन्यथा ऐसी सूक्ष्म विस्तार की बातों का वर्णन करना उनके लिए कठिन हो जाता। इस प्रकार के चित्रमय प्रसंग शाकुन्तल में अनेक हैं और कालिदास की अन्य रचनाओं में तो भरे ही पड़े हैं।

सरल और सरस भाषा

संस्कृत में अत्यन्त सरल, मधुर और प्रांजल शैली वैदर्भी या पांचाली रीति कहलाती है। कालिदास अपनी वैदर्भी रीति के लिए प्रसिद्ध हैं। उनकी भाषा सर्वत्र सरल, स्पष्टार्थक और मधुर है। वस्तुतः जो विपय उन्होंने अपने काव्य के लिए चुने हैं, उनमें माधुर्य होना स्वाभाविक ही था। परन्तु जैसी परिमार्जित और प्रसादगुणयुक्त भाषा कालिदास की है, वैसी संस्कृत के कवियों में एक की भी नहीं है। इस भाषा की विशेषता यह है कि इसका अर्थ पढ़ने के साथ ही स्पष्ट हो जाता है। दूरान्वय, क्लिष्टार्थता इत्यादि दोष इसमें नहीं हैं। जगह-जगह उन्होंने संक्षिप्त, चुटीले और मुहावरेदार वाक्यों का भी प्रयोग किया है, जिनसे भाषा में जान पड़ गई है; जैसे प्रियंवदा शकुन्तला से कहती है, ''तुमने ठीक जगह प्रेम किया! भला महानदी सागर के अतिरिक्त और उतरेगी भी कहाँ? आम्र वृक्ष के अतिरिक्त पत्तों से लदी माधवी लता को संभाल भी कौन सकता है?' या एक और जगह अनसूया ने शकुन्तला से कहा है : ''शरीर को शान्ति देने वाली शरदज्योत्स्ना की चादर ओढ़कर कौन ढांपता है?' इस प्रकार के प्रयोग शकुन्तला में एक नहीं, अनेक हैं। 'नवमल्लिका की बेल को उबलते पानी से कौन सींचता है?' 'सब लोग अपने सजातियों का ही विश्वास करते हैं। तुम दोनों ही वनवासी हो न!' 'अनुग्रह इसी को कहते हैं कि सूली से उतारा और हाथी पर चढ़ा दिया।' इत्यादि।

इसके अतिरिक्त कालिदास ने औचित्य की दृष्टि से इस बात का भी ध्यान रखा है कि अपने कथोपकथनों की भाषा उन्होंने पात्रों के अनुकूल रखी है। ऋषि-मुनियों के मुख से उनके अनुरूप ही बातें कहलवाई गई हैं। शकुन्तला के गान्धर्व विवाह की बात में अनुमति देते हुए महर्षि कण्व कहते हैं : 'यजमान की आँखें तो धुएँ से परेशान थीं, फिर भी सौभाग्य से उसकी आहुति आग में जाकर गिरी।' इसी प्रकार एक और जगह वे कहते हैं : ''बेटी, अच्छे शिष्य को दी गई विद्या की भाँति तेरे लिए अब मुझे कोई शोक नहीं है' इसी प्रकार राजा और विदूषक के कथोपकथन भी उनकी अपनी प्रकृति तथा परिस्थितियों के अनुकूल हैं। सातवें अंक में महात्मा कश्यप के आश्रम में पहुँचकर सारा वातावरण अर्ध-अलौकिक-सा हो उठता है और कश्यप तथा अदिति के कथोपकथन भी उनके अनुरूप ही रखे गए हैं।

सुरुचिपूर्ण हास्य

'अभिज्ञान शाकुन्तल' में सुरुचिपूर्ण हास्य भी काफी मात्रा में है। इसमें केवल विदूषक ही हास्यजनक बातें नहीं करता, बल्कि अवसर पाकर अन्य पात्र भी विनोद-परिहास करते हैं, जैसे पहले ही अंक में शकुन्तला अनसूया से कहती है :

'प्रियंवदा ने मेरी अंगिया बहुत कसकर बाँध दी है; इसलिए उसे थोड़ा ढीला कर दो।' इस पर प्रियंवदा ताना देती है : 'उलाहना मुझे क्या देती हो? अपने यौवन को दो, जिसने तुम्हारे उरोजों को बड़ा कर दिया है।' छठे अंक में धीवर, कोतवाल और सिपाहियों का वार्तालाप भी विनोदपूर्ण है। परन्तु हास्य का मुख्य भार परिपाटी के अनुसार विदूषक माधव्य के सिर ही पड़ा है। माधव्य द्वारा प्रस्तुत हास्य भी शिष्ट तथा संयत है। माधव्य का पेटूपन कालिदास ने सम्भवतः केवल रूढ़ि के पालन के लिए रखा है। परन्तु यह पेटूपन नाटक का कुछ रोचक अंग नहीं बन सका।

शृंगार और प्रेम

शाकुन्तल में शृंगार रस प्रधान है। शृंगार का आधार प्रेम है। प्रेम के विषय में कालिदास की कुछ अपनी ही धारणाएँ हैं। उनकी ये धारणाएँ हमें 'कुमारसम्भव', 'मेघदूत' तथा उनके अन्य सभी ग्रन्थों में एक ही जैसी प्राप्त होती हैं। कालिदास ने शारीरिक सौन्दर्य को ही प्रेम का सर्वस्व नहीं माना। केवल सौन्दर्य के आधार पर जिस प्रेम का जन्म होता है, उसे वे काम या वासना समझते हैं। उसके प्रति उनकी रचनाओं में कहीं भी आदर प्रदर्शित नहीं किया गया। सौन्दर्य की ज्वलन्त दीपशिखा को देखकर पतंगे की भाँति मुग्ध होकर जब पुरुष काम के वशीभूत हो जाता है, उसका परिणाम कालिदास ने सभी जगह हास्यास्पद दिखाया है। इस प्रकार का प्रेम क्षणस्थायी होता है। इसलिए कालिदास की दृष्टि में ऐसा प्रेम मंगलकारी नहीं है। ऐसे काम को शिव के कोपानल में जलकर राख हो जाना पड़ता है। पार्वती केवल अपने रूप से शिव को मुग्ध करने गई थी, परन्तु उसमें लज्जा और अपमान के सिवाय कुछ हाथ न आया। इसलिए बाद में उसने तपस्या द्वारा अपने रूप को सफल बनाने का यत्न किया और उसे सफलता भी मिली। यही बात हमें 'अभिज्ञान शाकुन्तल' में भी दिखाई पड़ती है। केवल सौन्दर्य के वशीभूत होकर राजा के मन पर प्रेम का उन्माद क्षणस्थायी रहा। देखते-देखते शरदृऋतु के मेघ की भाँति न जाने किस ओर विलीन हो गया। उसके बाद जब अन्य गहरे आधार पर प्रेम का जन्म हुआ तब उन्होंने शकुन्तला को दुबारा ग्रहण किया। यह परिचयपूर्वक, जान-बूझकर एक-दूसरे के दोषों के समेत जो एक-दूसरे का प्रेमपूर्वक अंगीकार है, वही कालिदास की दृष्टि में मंगलमय है। कालिदास ने प्रेम को पूर्वजन्म का संस्कार माना है। इसलिए शाकुन्तल में एक स्थान पर उन्होंने कहा है कि 'सुन्दर दृश्यों को देखते हुए और मधुर शब्दों को सुनते हुए भी जो व्यक्ति का मन एकाएक उदास हो जाता है, उसका कारण यही है कि उसे पूर्वजन्म के स्नेह-सम्बन्ध याद आ रहे होते हैं।'

'जिस प्रेम में कोई बन्धन नहीं, कोई नियम नहीं, जो प्रेम नर-नारी को अकस्मात् मोहित करके संयमदुर्ग के भग्न प्राचीर पर अपनी जयपताका फहराता

है, उस प्रेम की शक्ति को कालिदास ने स्वीकार किया है। उन्होंने बताया है कि असंयत प्रेम-सम्भोग स्वामिशाप से खण्डित, ऋषिशाप से प्रतिहत और देवरोष से भस्म हो जाता है। दुष्यन्त और शकुन्तला का बन्धनहीन रहस्यमिलन चिरकाल तक शाप के अन्धकार में लीन रहा। शकुन्तला को आतिथ्यधर्म के पालन का विचार नहीं रहा। वह केवल दुष्यन्त के ही ध्यान में मग्न रही। उस समय शकुन्तला के प्रेम का मंगलभाव मिट गया। दुर्वासा के शाप और शकुन्तला के प्रत्याख्यान द्वारा कवि ने यह स्थापना की है कि जो उन्नत प्रेम अपने प्रेमपात्र को छोड़कर अन्य किसी की कुछ भी परवाह नहीं करता, उसके विरुद्ध सारा संसार हो जाता है। इसी से वह प्रेम थोड़े ही दिन में दूभर हो उठता है।' *(रवीन्द्र)*

कालिदास के अनुसार प्रेम का उत्तम और अभीष्ट रूप वही है, जो संसार के समस्त कर्तव्यों का पालन करते हुए जीवन का एक अंग-मात्र बनकर रहे, जीवन का सर्वस्व न बन जाए। जो अन्धकार में प्रकाश की भाँति राह तो दिखाता हो, किन्तु ऐसा प्रकाश न हो, जो आँखों पर ही पड़कर उन्हें चुंधिया देता हो। उनके मतानुसार प्रेम की सार्थकता विवाह में और विवाह की सार्थकता सन्तान-प्रजनन के पावन व्यापार में है। सम्पूर्ण 'कुमारसम्भव' महाकाव्य इसी कुमारजन्म की भूमिका है। कामदेव के शर-प्रहार से अधीर होकर जो प्रेम-मिलन होता है, उसमें पुत्रजन्म के उपयुक्त पवित्रता नहीं है। उसमें एक-दूसरे की कामना तो है, परन्तु तीसरे (पुत्र) की कामना नहीं है। इससे कालिदास ने कामदेव को भस्म करवाकर पार्वती से तपस्या कराई है। यही बात 'अभिज्ञान शाकुन्तल' में भी कुछ बदले रूप में दिखाई पड़ती है।

कालिदास के आदर्श

कालिदास आदर्शोन्मुख कवि हैं। यद्यपि उनकी रचनाओं में हमें शृंगार का विशद और विस्तृत चित्रण मिलता है, किन्तु वह इसलिए कि प्रेम और शृंगार की भावना मनुष्य की तीव्रतम और गम्भीरतम भावनाओं में से एक है। परन्तु जिस प्रकार मानव-जीवन शृंगार-मात्र नहीं, उसी प्रकार कालिदास के काव्य की परिसमाप्ति शृंगार पर ही नहीं हो जाती। उनकी समाप्ति जाकर होती है वैराग्य पर। हमारी भारतीय संस्कृति में मानव-जीवन को ब्रह्मचर्य, गृहस्थ, वानप्रस्थ और संन्यास, इन चार भागों में बाँटा गया है। बाल्यकाल प्रभात के समान अरुण और मधुर होता है। यौवन नए प्रकाश और उज्ज्वल आनन्द तथा उमंगों से भरपूर होता है। अपराह्न का समय उष्णता की दृष्टि से कुछ परिपाक और कुछ विश्राम का समय होता है। अन्त में संध्या की गैरिक आभा समस्त पृथ्वी और आकाश को चरम वैराग्य के रंग में रंग देती है। कालिदास ने इसी आदर्श को जीवन-प्रणाली का आदर्श माना है।

वनों और पर्वतों से प्रेम

कालिदास में वनों और पर्वतों के प्रति एक विलक्षण मोह दिखाई पड़ता है। नगरों के वर्णन से यह प्रकट होता है कि वे सम्पन्न और समृद्ध नगरों में रहे थे। किन्तु उनका मन बार-बार वनों और पर्वतों की ओर दौड़ उठने को अधीर रहता है। लगता है कि उनका बाल्यकाल वनों और पर्वतों में ही व्यतीत हुआ था, जिससे इनका सौन्दर्य उनके हृदय पर गहरी छाप छोड़ गया। यही कारण है कि उनके सभी काव्यों में अभीष्ट की सिद्धि हिमालय की तराई के वनों और हिमालय के पर्वतशिखरों पर जाकर होती है। 'मेघदूत' का यक्ष अपनी प्रियतमा के पास सन्देश हिमालय की अलकापुरी में ही भेजता है। उसके सपनों की रानी हिमालय में ही निवास करती है। 'कुमारसम्भव' की तो सारी कथा ही हिमालय की रंगभूमि पर घटित होती है। दुष्यन्त को अनुपम सुन्दरी शकुन्तला जैसा रत्न प्राप्त करने के लिए हिमालय की तराई में जाना पड़ता है और 'रघुवंश' के महाराज दिलीप को सन्तान-प्राप्ति की इच्छा से वशिष्ठ मुनि के आश्रम में जाकर तपस्या करनी पड़ती है।

भौगोलिक ज्ञान

कालिदास के वर्णन भौगोलिक दृष्टि से सत्य और स्वाभाविक होते हैं। जिस स्थान और जिस काल का यह वर्णन करते हैं, उसमें सत्यता और औचित्य रहता है। उन्होंने पूर्वी समुद्र के तटवर्ती प्रदेशों में ताड़ के वनों, महेन्द्र पर्वत पर नागवल्ली के पत्तों और नारियल के आसव व केरल में मुरला नदी के निकट केतकी के फूलों का उल्लेख किया है। भारत के उत्तर-पश्चिमी सीमा-प्रान्त में अंगूर के बागों के, काश्मीर प्रदेश में केसर और हिमालय के प्रदेशों में भोजपत्र, कस्तूरी, चीड़ और देवदारु के वर्णन किए गए हैं। लौहित्य नदी के पार कामरूप देश में अगरु के वृक्षों का उल्लेख है। ये सारे वर्णन भौगोलिक दृष्टि से यथार्थ हैं।

कालिदास शिव के उपासक थे। अपने सभी ग्रन्थों के प्रारम्भ में उन्होंने शिव की स्तुति की है। फिर भी यह आश्चर्य की बात जान पड़ती है कि जिन शिव-पार्वती को उन्होंने अपने 'रघुवंश' में जगत् का माता-पिता कहा है, उनका ही विस्तृत संयोग-शृंगार का वर्णन उन्होंने 'कुमारसम्भव' में कैसे कर दिया!

कुछ परिभाषाएँ

नान्दी : मंगलाचरण को कहते हैं। यह इष्ट देवता आदि की स्तुति के रूप में की जाती है, जिससे प्रारम्भ किया हुआ नाटक निर्विघ्न पूरा हो सके।

सूत्रधार : सम्पूर्ण नाटक का निर्देशक सूत्रधार कहलाता है।

प्रस्तावना : नाटक की मुख्य कथावस्तु के पहले सूत्रधार आता है और नाटक के विषय में प्रेक्षकों को कुछ संकेत इत्यादि देता है। इसे प्रस्तावना कहते हैं। प्रस्तावना के अन्त में सूत्रधार रंगमंच से बाहर चला जाता है।

विष्कम्भक : पहले हो चुकी अथवा आगे होने वाली कथावस्तु की जब किसी गौण पात्र के मुख से सूचना दिलवाई जाती है, तो उसे विष्कम्भक कहा जाता है।

प्रवेशक : जहाँ दो अंकों के बीच में केवल नीच पात्रों के द्वारा पहले हो चुकी अथवा आगे होने वाली घटना की सूचना दिलवाई जाती है, तो वह प्रवेशक कहलाता है।

मन ही मन (स्वगत) : जब कोई बात इस प्रकार बोली जाए, जिससे यह प्रकट हो कि पात्र उसे मन ही मन सोच रहा है, तब उसे (स्वगत) 'मन ही मन' कहा जाता है।

चुपके से (जनान्तिकम्) : जब कोई बात किसी अन्य पात्र के कान में चुपके से कहने का अभिनय किया जाए।

आड़ करके (अपवार्य) : नट का वह वचन, जो नाटक के अन्त में मंगलकामना के रूप में कहा जाता है।

'शाकुन्तल' के पात्र

पुरुष-पात्र

दुष्यन्त	हस्तिनापुर के राजा
भद्रसेन	सेनापति
माधव्य	राजा का मित्र विदूषक
सर्वदमन	भरत, दुष्यन्त का पुत्र
सोमरात	राजपुरोहित
रैवतक	द्वारपाल
करभक	राजा का अनुचर
पार्वतायन	कंचुकी, बूढ़ा नौकर
शार्ङ्गरव, शारद्वत	
हरीत, गौतम आदि	कण्व के शिष्य
कोतवाल	दुष्यन्त का साला, नगराध्यक्ष
सूचक, जानुक	सिपाही
धीवर	अभियुक्त मछियारा
मातलि	इन्द्र का सारथि
कश्यप	देवताओं के पिता प्रजापति

स्त्री-पात्र

शकुन्तला	कण्व की पालिता कन्या
अनसूया, प्रियंवदा	शकुन्तला की सखियाँ
गौतमी	तपस्विनी
चतुरिका, परभृतिका और	
मधुकरिका	राजा की सेविकाएँ
प्रतिहारी और यवनिकाएँ	दासियाँ
सानुमति	अप्सरा
अदिति	देवमाता

प्रथम अंक

'सलिल', 'अग्नि', 'समीर', 'वसुधा', 'गगन', 'भास्कर', 'चन्द्रमा',
और 'होता', आठ जिनकी हैं प्रकट ये मूर्तियाँ।
वे स्वयंभू शिव तुम्हारी सर्वदा रक्षा करें,
दृष्टि करुणा की रखें, दुःख आपदा सारी हरें।

('नान्दी' की समाप्ति पर)

सूत्रधार : बस, बस बहुत हुआ (*नेपथ्य की ओर देखकर*) प्रिये, यदि नेपथ्य की सज्जा का कार्य पूरा हो चुका हो, तो ज़रा इधर तो आओ।

(नटी प्रवेश करती है।)

नटी : लीजिए, यह मैं आ गई। आज्ञा दीजिए, आपके किस आदेश का पालन किया जाए?

सूत्रधार : प्रिये, रस और भावों के विशेषज्ञ महाराजा विक्रमादित्य की इस सभा में आज बड़े-बड़े विद्वान एकत्र हुए हैं। इस सभा में आज हम लोग कालिदास-रचित नवीन नाटक 'अभिज्ञान शाकुन्तल' का अभिनय प्रस्तुत करेंगे। जाकर उसके लिए पात्रों को तैयार करो।

नटी : आपने तो इतनी बार इतनी अच्छी तरह अभ्यास करवा रखा है कि अब उसमें किसी प्रकार की त्रुटि रहने की सम्भावना नहीं है।

सूत्रधार : (*मुस्कराते हुए*) ठीक कहती हो, पर सच तो यह है कि जब तक अभिनय को देखकर विद्वानों को सन्तोष न हो जाए, तब तक मैं अभ्यास को सफल नहीं मानता। अभिनेताओं को चाहे कितना ही क्यों न सिखा लो, किन्तु उन्हें अपने ऊपर विश्वास हो ही नहीं पाता।

नटी : (*विनयपूर्वक*) आपकी बात बिल्कुल ठीक है। तो आज्ञा दीजिए कि अब क्या किया जाए?

सूत्रधार : इस समय इस सभा के सम्मुख एक मनोहर मधुर गीत से बढ़कर और अच्छा कार्य क्या हो सकता है!

नटी : गीत! अच्छा तो फिर यह कहिए कि किस ऋतु का गीत गाया जाए?

सूत्रधार : अभी-अभी तो यह ग्रीष्मऋतु प्रारम्भ हुई है। इन दिनों इस गर्मी का आनन्द लिया जा सकता है। आजकल जल में स्नान करने से आनन्द आता है। वन की वायु पाटल के सौरभ से सुगन्धित हो उठी है। छाया में लेटते ही नींद आने लगती है और दिवसान्त की संध्याएँ बहुत ही रमणीय होती हैं, तो क्यों न इसी ग्रीष्मऋतु का गीत गाओ!

नटी : ठीक है (*गाना प्रारम्भ करती है।*)

सिरस के फूल बड़े सुकुमार!
चाँदनी की किरणों से तन्तु, भरी है जिनमें सुरभि अपार!
भ्रमर आते करने रसपान, जताते ज़रा चूमकर प्यार!
उन्हीं से ललनाएँ अत्यन्त सदय अपना करतीं श्रृंगार!

सूत्रधार : प्रिये, तुम्हारा गीत बहुत ही उत्तम रहा। देखो न, सारी अभिनयशाला राग के रस में डूबी हुई चित्रलिखित-सी हो उठी है। तो अब यह बताओ कि इस सभा के मनोरंजन के लिए किस नाटक का अभिनय किया जाए?

नटी : अभी तो आपने कहा था कि 'अभिज्ञान शाकुन्तल' नामक नए नाटक का अभिनय करना है।

सूत्रधार : यह तुमने खूब याद दिलाया। मैं तो तुम्हारे गीत की मिठास के आकर्षण में सब भूल ही गया था, वैसे ही (*ध्यान से सुनने का अभिनय करके*) जैसे यह महाराज दुष्यन्त वेगवान् हरिण के आकर्षण से खिंचे चले आ रहे हैं।

(दोनों बाहर चले जाते हैं)

(उसके पश्चात् हरिण का पीछा करते हुए धनुष-बाण हाथ में लिए रथ पर बैठे हुए महाराज दुष्यन्त प्रवेश करते हैं। सारथि रथ हाँक रहा है)

सारथि : (*एक बार राजा की ओर तथा एक बार हरिण की ओर देखकर*) महाराज, इस काले हरिण पर दृष्टि लगाए, धनुष-बाण ताने हुए आप ऐसे प्रतीत होते हैं, मानो साक्षात् शिव ही हरिण का पीछा कर रहे हों।

राजा : सूत, यह हरिण तो हमें बहुत दूर खींच लाया। अब भी तो यह बार-बार गर्दन मोड़कर पीछे की ओर रथ को देखने लगता है, और फिर तेज़ दौड़ने लगता है। तीर लगने के भय से इसके शरीर का पिछला भाग अगले भाग में समाया-सा जा रहा है। दौड़ने की थकान से इसका मुख खुल गया है और उसमें से अधचबी घास के तिनके रास्ते में गिरते जा रहे हैं। देखो, अपनी तीव्र गति के कारण इसके पाँव धरती को तो ज़रा देर को ही छूते हैं, नहीं तो यह आकाश ही आकाश में उड़ा जा रहा है। (*आश्चर्य के साथ*) अरे, यह तो हमारे पीछा करते-करते भी आँखों से ओझल हुआ जा रहा है?

सारथि : महाराज, अब तक भूमि ऊबड़-खाबड़ थी, इससे रासें खींचकर मैंने घोड़ों की चाल धीमी कर दी थी, इससे यह हरिण इतना आगे निकल गया। अब भूमि समतल आ गई है। अब यह सरलता से आपके हाथ आ जाएगा।

राजा : तो अब ज़रा रासें ढीली छोड़ दो।

सारथि : लीजिए, ढीली छोड़ दीं। (*रथ के वेग का अभिनय करते हुए*) देखिए महाराज, रासें ढीली करते ही घोड़े किस प्रकार गर्दनें लम्बी कर-करके दौड़ने लगे हैं। इनके कान ऊपर को उठे हुए हैं और गर्दन के बाल निष्कम्प हो उठे हैं। और तो और, इनके अपने पैरों से उड़ी धूल भी इन्हें नहीं छू पा रही है। इस समय इनकी चाल हरिण की चाल से क्या कम है?

राजा : (*प्रसन्न होकर*) इसमें क्या सन्देह है! इस समय तो ये सूर्य और इन्द्र के घोड़ों को भी मात दे रहे हैं। देखो न, जो वस्तु क्षण-भर पहले धुंधली-सी दिखाई पड़ती है, वही अगले क्षण खूब स्पष्ट दीखने लगती है। बीच में से कटी हुई वस्तु भी रथ के वेग के कारण समूची जुड़ी हुई-सी दिखाई पड़ती है। जो चीज़ें वस्तुतः टेढ़ी हैं, वे भी सीधी दीख रही हैं। रथ के वेग के कारण कोई

भी वस्तु इस समय न तो मेरी आँखों से दूर ही रह पाती है। और न क्षण-भर आँखों के पास ही रह पाती है। देखो सूत, अब यह मरा।

(कहकर दुष्यन्त धनुष पर बाण चढ़ा लेते हैं।)

(नेपथ्य में)

महाराज, महाराज, यह आश्रम का हरिण है। इसे मारना नहीं, इसे मारना नहीं।

सारथि : (*ध्यान से सुनकर और देखकर*) महाराज, आपके और आपके बाण के लक्ष्य इस काले हरिण के बीच तपस्वी लोग आकर खड़े हो गए हैं?

राजा : (*हड़बड़ाकर*) तो घोड़ों को रोक लो।

सारथि : लीजिए। *(रथ को रोक लेता है।)*

(दो साथियों के साथ तपस्वी प्रवेश करता है।)

तपस्वी : (*हाथ उठाकर*) महाराज, यह आश्रम का हरिण है। इसे मारिएगा नहीं। इस मृग के कोमल शरीर पर यह बाण चलाना उचित नहीं है। रुई के ढेर में कहीं इस प्रकार आग लगाई जाती है? कहाँ तो इन हरिणों का अत्यन्त चंचल जीवन और कहाँ आपके सनसनाते हुए वज्र के समान कठोर बाण! इसलिए महाराज, आप इस धनुष पर चढ़ाए हुए बाण को उतार लीजिए। आपके शस्त्र पीड़ितों की रक्षा करने के लिए हैं, निरपराधों पर प्रहार करने के लिए नहीं।

राजा : लीजिए, यह उतार लिया। (*बाण धनुष से उतार लेता है।)*

तपस्वी : आप पुरुवंश के भूषण हैं। आपकी इसी में शोभा है। जिस प्रकार आपका पुरुवंश में ऐसा उत्तम जन्म हुआ है, उसी प्रकार भगवान् करे आपको भी ऐसे ही उत्तम गुणों वाला चक्रवर्ती पुत्र प्राप्त हो!

अन्य दोनों तपस्वी : (*हाथ उठाकर*) भगवान् करे आपको अवश्य ही चक्रवर्ती पुत्र प्राप्त हो!!

राजा : (*विनय-सहित प्रणाम करके*) आपका आशीर्वाद सिर माथे।

तपस्वी : महाराज, हम लोग समिधाएँ लाने के लिए निकले हैं। यह पास ही मालिनी नदी के तीर पर कुलपति कण्व का आश्रम दिखाई

पड़ रहा है। यदि आपके किसी अन्य कार्य में बाधा न हो तो, वहाँ पहुँचकर आतिथ्य स्वीकार कीजिए। वहाँ पहुँचकर तपस्वियों की निर्विघ्न हो रही सुन्दर यज्ञ-क्रियाओं को देखकर आपको पता चल जाएगा कि धनुष-चाप से अंकित आपकी भुजा कितनी दूर-दूर तक प्रजा की रक्षा करती है।

राजा : क्या कुलपति कण्व आश्रम में हैं?

तपस्वी : वह तो अतिथियों के सत्कार का काम अपनी कन्या शकुन्तला को सौंपकर उसके प्रतिकूल ग्रहों की शान्ति के लिए आज ही सोमतीर्थ गए हैं।

राजा : अच्छा, मैं उसी के दर्शन करने जाता हूँ। वही महर्षि के लौटने पर उनको मेरा भक्ति-भाव जता देगी।

तपस्वी : ठीक है! तो अब हम चलते हैं (*शिष्यों-समेत चला जाता है।*)

राजा : सूत, घोड़ों को ज़रा तेज़ कर दो। चलकर पवित्र तपोवन के दर्शन से अपने-आपको पवित्र करें।

सारथि : अभी लीजिए महाराज! (*रथ की चाल और तेज़ करता है।*)

राजा : (*चारों ओर देखकर*) सूत, देखो, यहाँ तो बिना बताए ही पता चल रहा है कि यही तपोवन का आश्रम-भाग है।

सारथि : वह कैसे महाराज?

राजा : क्यों, देखते नहीं कि वृक्षों के नीचे तोतों के रहने के कोटरों के मुँह से नीचे गिरे हुए धान पड़े हैं। कहीं इंगुदी फलों को तोड़ने से चिकने हुए पत्थर बिखरे पड़े हैं। यहाँ के हरिण मनुष्यों के पास रहने के अभ्यस्त हैं, इसी से रथ के शब्द को सुनकर भी वे बिना चौंके पहले की ही भाँति निःशंक फिर रहे हैं। पानी लेकर आने के मार्ग पर वल्कल वस्त्रों के छोरों से चूने वाले जल-बिन्दुओं की रेखा बनी दिखाई पड़ रही है। छोटी-छोटी नालियों में पानी की धारा बह रही है, जिससे वृक्षों की जड़ें धुल गई हैं। घी के धुएँ के कारण तरुओं के नवपल्लवों का रंग बहुत बदल गया है। उस ओर उपवन की भूमि से दर्भ के अंकुर निकालकर साफ कर दिए गए हैं। वहाँ हरिणों के छोटे-छोटे बच्चे बहुत ही निश्चिन्त होकर धीरे-धीरे फिर रहे हैं।

सारथि : आप ठीक कह रहे हैं।

राजा : (*थोड़ी दूर और जाने पर*) तपोवन के निवासियों को मेरे आने से कहीं असुविधा न हो? रथ यहीं रोक लो। मैं नीचे उतरूँगा।

सारथि : मैंने रासें खींच ली हैं। अब आप उतर जाइए।

राजा : (*उतरकर*) सूत, तपोवन में विनीत वेश से ही प्रविष्ट होना चाहिए। लो, इन्हें तुम संभालकर रख लो। *(आभूषण तथा धनुष सारथि को सौंप देता है।)* सूत, जब तक मैं आश्रमवासियों के दर्शन करके आता हूँ, तब तक तुम घोड़े की पीठ ठंडी कर लो।

सारथि : ठीक है। (*राजा बाहर निकल जाता है।*)

राजा : (*कुछ दूर चलकर और देखकर*) यह आश्रम का द्वार आ गया। अब इसके अन्दर चला जाए।

(आश्रम में प्रवेश करके शुभ शकुन की सूचना देता हुआ)

यह आश्रम तो शान्त स्थान है और मेरी दाईं भुजा फड़क रही है। इसका यहाँ क्या फल प्राप्त हो सकता है? फिर होनहार के रास्ते तो सभी जगह होते हैं।

(नेपथ्य में)

इधर, सखियो इधर!

राजा : (*कान लगाकर*) अरे दक्षिण की ओर वृक्षों की वाटिका में कुछ बातचीत-सी सुनाई पड़ रही है। उसी ओर जाता हूँ। *(कुछ दूर चलकर और देखकर)* अरे, ये तपस्वी-कन्याएँ अपने अनुरूप घड़े लिए पौधों को पानी देने इधर ही आ रही हैं! *(ध्यान से देखकर)* अहा, इनका रूप तो बहुत ही मनोहर है। यदि आश्रम में रहने वाले लोगों का ऐसा रूप है, जो रनिवासों में भी दुर्लभ है, तो समझ लो कि वनलताओं ने उद्यान की लताओं को मात दे दी। कुछ देर इस छाया में खड़े होकर इनकी प्रतीक्षा करता हूँ। (*देखता हुआ खड़ा रहता है।*)

(पौधों को पानी देती हुई सखियों के साथ शकुन्तला प्रवेश करती है।)

शकुन्तला : इधर, सखियो इधर!

अनसूया : री शकुन्तला, मुझे तो ऐसा लगता है कि पिता कण्व को आश्रम के वृक्ष तुझसे भी अधिक प्यारे हैं। तभी तो उन्होंने नवमल्लिका के कुसुम के समान सुकुमार तुझको भी इनके थाँवले भरने में लगा दिया है।

शकुन्तला : केवल पिताजी की आज्ञा की ही बात नहीं है। मुझे भी तो इनसे सगे भाइयों जैसा प्यार है।

(वृक्षों को सींचने का अभिनय करती है।)

राजा : क्या यही कण्व की पुत्री है? महर्षि कण्व ने यह ठीक नहीं किया कि इसे भी आश्रम के कार्यों में लगा दिया है। इस निसर्ग सुन्दर शरीर को महर्षि कण्व तपस्या के योग्य बनाने की अभिलाषा करके मानो नीलकमल की पंखुरी से बबूल का पेड़ काटने की कोशिश कर रहे हैं। अच्छा, पेड़ों की आड़ से ही कुछ देर इसे जी भर कर देख तो लूँ। (*देखने लगता है।*)

शकुन्तला : अनसूया, इस प्रियंवदा ने मेरा यह वल्कल वस्त्र ऐसा कसकर बाँध दिया है कि हिलना-डुलना भी मुश्किल हो गया है। ज़रा इसे ढीला तो कर दे।

अनसूया : अच्छा। (ढीला कर देती है।)

प्रियंवदा : (*हँसती हुई*) इसके लिए वक्ष को उभारने वाले अपने यौवन को उलाहना दे, मुझे क्या उलाहना देती है!

राजा : भले ही यह वल्कल वस्त्र इसके शरीर के अनुकूल नहीं है, फिर भी यह इसके सौन्दर्य को न बढ़ाता हो, यह बात नहीं। क्योंकि काई लगी होने पर भी कमल सुन्दर होता है। चन्द्रमा का मलिन कलंक भी उसकी शोभा को बढ़ाता है। यह छरहरी युवती वल्कल वस्त्रों से और अधिक सुन्दर लग रही है। आकृति सुन्दर हो तो, जो कुछ पहना दिया जाए, वही आभूषण बन जाता है।

शकुन्लता : (*सामने की ओर देखकर*) यह आम का वृक्ष वायु से हिलते हुए, अंगुलियों के समान पत्तों से मुझे पास बुला-सा रहा है। चलूँ, इसे भी पानी दे आऊँ। (*उसकी ओर चलती है।*)

प्रियंवदा : री शकुन्तला, ज़रा दो मिनट वहीं खड़ी रह। तेरे पास खड़े होने से यह आम का वृक्ष ऐसा सुन्दर लग रहा है, जैसे इस पर कोई बेल लिपटी हुई हो।

शकुन्तला : इसीलिए तो तेरा नाम प्रियंवदा है।

राजा : प्रियंवदा ने बात प्यारी होते हुए भी कही सच है। क्योंकि इस शकुन्तला के होंठ नवपल्लवों के समान लाल हैं। दोनों बाँहें कोमल टहनियों के समान हैं और फूलों की भाँति आकर्षक यौवन इसके अंग-अंग में समाया हुआ है।

अनसूया : री शकुन्तला, तूने इस छोटे-से आम्रवृक्ष की इस स्वयंवरा वधू नवमल्लिका की लता का नाम वनज्योत्स्ना रखा था; इसे क्या भूल ही गई?

शकुन्तला : तब तो अपने-आपको भी भूल जाऊँगी। (*लता के पास जाकर और देखकर*) सखी, इस लता और वृक्ष के युगल का अच्छे समय में मेल हो गया। वनज्योत्स्ना पर नए फूलों का यौवन खिला है और फल आ जाने के कारण आम्रवृक्ष भी इसे संभालने में समर्थ हो चुका है। (उन्हें देखती हुई खड़ी रहती है।)

प्रियंवदा : (*मुस्कराती हुई*) अनसूया, जानती है, शकुन्तला वनज्योत्स्ना को इतना अधिक क्यों देख रही है?

अनसूया : मालूम नहीं, तू बता।

प्रियंवदा : जैसे वनज्योत्स्ना अपने अनुरूप वृक्ष से जा मिली है, उसी प्रकार मैं भी अपने अनुरूप वर प्राप्त कर सकूँ, इसलिए।

शकुन्तला : यह ज़रूर तेरे मन की बात है।

(कहकर घड़े का पानी उंडेल देती है।)

राजा : सम्भव है यह कुलपति कण्व की किसी अन्य जाति की स्त्री से उत्पन्न कन्या हो; या सन्देह की आवश्यकता ही क्या है? अवश्य ही इसका विवाह क्षत्रिय से हो सकता है क्योंकि मेरा निष्कलंक मन इस पर मुग्ध हो गया है। सज्जनों को जहाँ किसी बात में सन्देह हो, वहाँ उनकी अन्तःकरण की बात ही अन्तिम प्रमाण होती है। फिर भी इसके विषय में सही बात का पता करता हूँ।

शकुन्तला : (*हड़बड़ाकर*) अरे, पानी डालने से हड़बड़ाकर उड़ा हुआ यह भौंरा नवमल्लिका को छोड़कर मेरे मुँह पर आ रहा है। (*भौंरे से बचने का यत्न करती है।*)

राजा : (*अभिलाषा के साथ*) हे भ्रमर, तुम कभी उसकी बार-बार कांपती चंचल चितवन वाली दृष्टि का स्पर्श करते हो। और कभी उसके कान के पास फिरते हुए धीरे-धीरे कुछ रहस्यालाप-सा करते हुए गुनगुनाते हो। उसके हाथ झटकने पर भी तुम उसके सरस अधरों का पान करते हो। वस्तुतः तुम्हीं भाग्यवान् हो, हम तो वास्तविकता की खोज में ही मारे गए।

शकुन्तला : यह दुष्ट मानता ही नहीं। अच्छा, मैं उधर जाती हूँ। (*कुछ कदम जाकर देखती हुई*) अरे यह तो इधर भी आ रहा है। सखियो, यह दुष्ट भौंरा मुझे तंग कर रहा है, मुझे इससे बचाओ।

दोनों सखियां : (*मुस्कुराती हुई*) हम बचाने वाली कौन? दुष्यन्त को ही पुकार। तपोवन की रक्षा करना राजा का काम है।

राजा : (*स्वगत*) अपने आपको प्रकट करने का यह अच्छा अवसर है। (*प्रकट रूप में*) डरो मत, डरो मत···(*बीच में ही रुककर मन ही मन*) इससे तो ये पहचान जाएँगी कि मैं राजा हूँ। अच्छा, इस तरह कहता हूँ।

शकुन्तला : (*कुछ कदम जाकर फिर देखती हुई*) यह क्या! यहाँ भी मेरे पीछे-पीछे आ रहा है।

राजा : (*तेज़ी से पास जाकर*) आ;, दुष्टों का दमन करने वाले पौरव दुष्यन्त के पृथ्वी पर शासन करते हुए भोली-भाली मुनि-कन्याओं को यह कौन छेड़ रहा है?

(सब राजा को देखकर कुछ हड़बड़ा जाती हैं।)

अनसूया : महोदय, कुछ विशेष अनिष्ट नहीं हुआ। यह हमारी प्यारी सखी इस दुष्ट भौंरे से परेशान होकर घबरा गई है।

(शकुन्तला की ओर इशारा करती है।)

राजा : (*शकुन्तला की ओर अभिमुख होकर*) कहिए, तप तो ठीक चल रहा है न?

(शकुन्तला मुँह नीचा किए अवाक् खड़ी रह जाती है।)

अनसूया : इस समय तो आप जैसे अतिथि के आगमन से सब ठीक ही है। री शकुन्तला, कुटिया में जा और वहाँ से कुछ फल तथा जलपान तो ले आ। मुँह-हाथ धोने के लिए पानी यहाँ है ही।

राजा : आप लोगों की मधुरवाणी से ही काफी आतिथ्य हो गया।

प्रियंवदा : तो चलिए, आप इस घनी छाया वाली सप्तपर्ण की शीतल वेदी पर कुछ देर बैठकर विश्राम कर लीजिए।

राजा : आप भी तो इस काम से थक गई हैं।

अनसूया : री शकुन्तला, हमारा अतिथि के पास रहना ही उचित है। तो आ, यहीं बैठें। (*सब बैठ जाती हैं।*)

शकुन्तला : (*मन ही मन*) यह क्या हुआ? इन्हें देखकर मेरे मन में तपोवन के अयोग्य कैसा प्रेमभाव उत्पन्न हो रहा है।

राजा : (*सबको देखकर*) आप सबकी आयु एक-सी और रूप भी एक जैसा है। इससे आप लोगों की मित्रता मुझे बहुत ही सुन्दर लग रही है।

प्रियंवदा : (*चुपके से*) अनसूया, यह देखने में चतुर और गम्भीर है और इसकी बातें बहुत प्रिय हैं। अवश्य ही यह कोई प्रभावशाली व्यक्ति है।

अनसूया : (*चुपके से*) मुझे भी यह जानने की उत्सुकता है। अच्छा, पूछती हूँ। (*प्रकट रूप से*) महोदय, आपकी मधुर बातों से उत्पन्न विश्वास के कारण मैं यह पूछना चाहती हूँ कि आपने किस राजर्षि के वंश को सुशोभित किया है, और किस देश के निवासियों को आप अपने विरह में अधीर कर आए हैं? इस सुकुमार शरीर को आपने किस कारण तपोवन आने का कष्ट दिया है?

शकुन्तला : (*मन ही मन*) हृदय, अधीर मत हो। जो तू सोचता है, वह सब यह अनसूया पूछ रही है।

शकुन्तला : (*मन ही मन*) इस समय अपना परिचय दे दूं, अथवा अपने-आपको छिपाए ही रखूँ? अच्छा, इन्हें इस प्रकार बताता हूँ। *(प्रकट रूप में)* भद्रे, महाराज दुष्यन्त ने मुझे धर्म-विभाग में अधिकारी नियुक्त किया है। इससे मैं यह जानने के लिए कि आश्रमवासियों की धर्म-क्रियाओं में कोई विघ्न-बाधा तो नहीं, यहाँ तपोवन में आया था।

अनसूया : तब तो आश्रमवासियों को आपने सनाथ कर दिया है।

(शकुन्तला शृंगार लज्जा का अनुभव करती है।)

दोनों सखियाँ : (*राजा और शकुन्तला की भावभंगिमा को देखकर चुपके से*) री शकुन्तला, अगर आज यहाँ पिता कण्व होते!

शकुन्तला : तो क्या होता?

सखियाँ : अपना जीवन-सर्वस्व देकर भी वह इस अतिथि को कृतार्थ करते।

शकुन्तला : हटो, तुम न जाने क्या-क्या सोचकर कह रही हो। अब मैं तुम्हारी बात भी नहीं सुनूँगी।

राजा : हम भी आपकी सखी के विषय में कुछ पूछना चाहते हैं।

सखियाँ : महोदय, आपका यह अनुरोध कृपा के समान है।

राजा : यह बात तो सभी जानते हैं कि महात्मा कण्व आजन्म ब्रह्मचारी हैं। फिर आपकी यह सखी उनकी पुत्री कैसे हो सकती है?

अनसूया : सुनिए! कौशिक गोत्र में उत्पन्न हुए विश्वामित्र अत्यन्त तेजस्वी राजर्षि हैं।

राजा : हाँ, मैंने सुना है।

अनसूया : बस, उन्हीं को हमारी प्रिय सखी का पिता समझिए। छोड़ दिए जाने के बाद पालन-पोषण करने के कारण पिता कण्व भी इसके पिता हैं।

राजा : यह छोड़ने की बात क्या है? मैं शुरू से सुनना चाहता हूँ।

अनसूया : अच्छा, तो सुनिए। पहले किसी समय वह राजर्षि गौतमी नदी के तीर पर कठोर तपस्या कर रहे थे। उस समय देवों के मन में कुछ डर बैठ गया। उन्होंने उनकी तपस्या को भंग करने के लिए मेनका नाम की अप्सरा भेजी।

राजा : ठीक है। देवताओं को दूसरों की समाधि से डर लगता है।

अनसूया : उसके बाद भरे वसन्त के समय उसके उन्मादक रूप को देखकर··· *(बीच में ही लज्जा से रुक जाती है।)*

राजा : ठीक है। आगे सब समझ आ गया। तो यह अप्सरा की कन्या है?

अनसूया : और नहीं तो क्या?

राजा : यह बात ठीक है। मनुष्य-कन्याओं में ऐसा विलक्षण रूप कैसे आ सकता है? चमचमाती हुई विद्युच्छटा वसुधातल से नहीं उठा करती।

(शकुन्तला मुँह नीचा किए खड़ी रहती है।)

राजा : *(मन ही मन)* लो, अब मेरी अभिलाषा के लिए कुछ तो राह बनी। किन्तु इसकी सखी ने मज़ाक में जो इसकी वर पाने की इच्छा की बात कही थी, उसे सुनकर मेरा मन दुविधा से बेचैन हो रहा है।

प्रियंवदा : *(मुस्कराकर शकुन्तला को देखकर राजा की ओर अभिमुख होकर)* आप फिर कुछ कहना चाहते हैं?

(शकुन्तला अंगुली से प्रियंवदा को धमकाती है।)

राजा : आपने ठीक पहचाना। सज्जनों के चरित्र-श्रवण के लोभ से मैं कुछ और भी पूछना चाहता हूँ।

प्रियंवदा : तो बहुत क्या सोचना? तपस्वियों के यहाँ तो सब कुछ निस्संकोच पूछा जा सकता है।

राजा : मैं आपकी सखी के विषय में यह जानना चाहता हूँ कि ये मुनि-कन्याओं के योग्य इस काम-विरोधी व्रत का पालन केवल विवाह-पर्यंत ही करेंगी अथवा सदा ही सुन्दर आँखों वाली हरिणियों के साथ यहीं निवास करेंगी?

प्रियंवदा : महोदय, धर्म-कार्य में भी यह पराधीन हैं। परन्तु इनके पिता का संकल्प यही है कि इन्हें किसी अनुरूप वर के हाथ सौंप दिया जाए।

राजा : (*मन ही मन*) तब तो यह अभिलाषा पूर्ण होनी बहुत कठिन नहीं है। हृदय, अब तुम अभिलाषा कर सकते हो। अब सन्देह का निर्णय हो गया है। जिसे तुम आग समझकर डर रहे थे, वह तो रत्न निकला जिसे सरलता से स्पर्श किया जा सकता है।

शकुन्तला : (*क्रुद्ध-सी होकर*) अनसूया, मैं जा रही हूँ।

अनसूया : क्यों, क्या बात है?

शकुन्तला : जाकर आर्या गौतमी से इस अनाप-शनाप बोलने वाली प्रियंवदा की शिकायत करूँगी।

अनसूया : सखी, विशिष्ट अतिथि का सत्कार किए बिना उसे इस तरह अकेला छोड़कर चले जाना हमारे लिए उचित नहीं है।

(शकुन्तला बिना कहे ही चल पड़ती है।)

राजा : (*मन ही मन*) अरे, क्या जा रही है? (*पकड़ना चाहता है, पर अपने-आपको बलपूर्वक रोककर*) मैं इस मुनि-कन्या के पीछे-पीछे चलने लगा था, पर फिर अचानक शिष्टाचार के कारण गति रुक जाने से यहाँ से बिना चले भी अब मुझे ऐसा अनुभव हो रहा है, जैसे जाकर फिर वापस लौट आया होऊँ।

प्रियंवदा : (*शकुन्तला को रोककर*) री, तू यों नहीं जा सकती।

शकुन्तला : (*भौंहे टेढ़ी करके*) क्यों?

प्रियंवदा : तुम पर मेरे दो वृक्ष-सिंचन चढ़े हैं। तो यहाँ आ, पहले पौधों को सींचकर उन्हें उतार दे, फिर जाना। (*ज़बरदस्ती उसे वापस लाती है।*)

राजा : भद्रे, मैं तो देखता हूँ कि ये वृक्षों को सींचने से पहले ही बहुत अधिक थक गई हैं; क्योंकि घड़े उठाने से इनकी बाँहें कन्धों पर से ढीली होकर झूल रही हैं और हथेलियाँ बहुत लाल हो गई

हैं। मुँह पर पसीने की बूँदें झलक आई हैं, जिनसे कान में लटकाया हुआ शिरीष का फूल गालों पर चिपक गया है; और जूड़ा खुल जाने के कारण एक हाथ से संभाले हुए बाल इधर-उधर बिखर गए हैं। लीजिए, मैं इनका ऋण उतारे देता हूँ। (*यह कहकर अंगूठी देना चाहता है।*)

(दोनों सखियाँ अंगूठी पर लिखे नाम के अक्षरों को पढ़कर एक-दूसरी को देखती हैं।)

राजा : मुझे आप और कुछ न समझें। यह मुझे राजा ने उपहार में दी है! मैं राजकर्मचारी हूँ न।

प्रियंवदा : तब इस अंगूठी को इस अंगुली से अलग करने की आवश्यकता नहीं। आपके कह देने भर से ही यह ऋण से मुक्त हो गई। सखी शकुन्तला, तुझे इन दयालु महोदय ने अथवा महाराज ने ऋण से मुक्त करवा दिया है। अब जा।

शकुन्तला : (*मन ही मन*) यदि अपने पर बस हो, तभी तो जाऊँगी। (*प्रकट रूप से*) तू भेजने वाली या रोकने वाली कौन होती है?

राजा : (*शकुन्तला को देखकर मन ही मन*) जैसे मैं इस पर अनुरक्त हूँ, वैसे ही कहीं यह भी तो मुझ पर अनुरक्त नहीं है? यह बात हो सकती है; क्योंकि यह भले ही मेरी बात का उत्तर नहीं देती; फिर भी जब मैं बोलता हूँ तो यह खूब कान देकर सुनती है और भले ही यह मेरे सामने खड़ी नहीं होती, फिर भी इसकी दृष्टि घूम-घूमकर बार-बार मुझ पर ही आकर पड़ती है।

(नेपथ्य में)

अरे तपस्वियो, तपोवन के प्राणियों की रक्षा के लिए तैयार हो जाओ। मृगयाविहारी राजा दुष्यन्त पास ही आया हुआ है। घोड़ों के खुरों से उड़ी हुई धूल सन्ध्या की लालिमा के समान आश्रम के उन वृक्षों पर, जिनकी टहनियों पर गीले वल्कल वस्त्र टँगे हुए हैं, टिड्डी-दल के समान आ-आकर पड़ रही है। और रथ की आवाज़ से डरा हुआ एक हाथी तपस्या के विघ्न के समान तपोवन में घुसा आ रहा है। इसने ज़ोर की चोट से एक वृक्ष को उखाड़ लिया है, और अब वह उसके एक दाँत में फँसा हुआ है। टूटी और उलझी हुई अनेक लताओं का जाल उसके पैरों में फँसा

हुआ है और उसे देखकर हमारे हरिणों का झुण्ड भय से तितर-बितर हो गया है।

(सब कान लगाकर सुनते हैं और कुछ घबरा-से जाते हैं।)

राजा : (*मन ही मन*) आह! लगता है, हमें ढूँढ़ने आए हुए सैनिक तपोवन को रौंद रहे हैं। अच्छा, मैं उसी ओर चलता हूँ।

सखियाँ : महोदय, इस तपस्वी की बात सुनकर हमें घबराहट हो रही है। अब हमें कुटिया में जाने की अनुमति दीजिए।

राजा : (*हड़बड़ाकर*) हाँ-हाँ, आप लोग जाइए। हम भी ऐसा यत्न करते हैं, जिससे आश्रमवासियों को कष्ट न हो।

(सब उठ खड़े होते हैं)

सखियाँ : महोदय, हमने आपका कुछ भी अतिथि-सत्कार नहीं किया, इसलिए आपसे फिर दर्शन देने का अनुरोध करते हमें लज्जा अनुभव हो रही है।

राजा : यह बात नहीं है। आपके दर्शन से ही मेरा आतिथ्य हो गया है।

शकुन्तला : (*राजा को देखती हुई, बहाना करके विलम्ब करती हुई सखियों के साथ बाहर निकल जाती है।*)

राजा : मुझे अब नगर जाने की उत्सुकता नहीं रही। फिर भी चलकर अपने अनुचरों को तपोवन से कुछ दूर टिका दूँ। इस शकुन्तला के काण्ड से मैं किसी प्रकार अपने-आपको वापस नहीं लौटा पा रहा। मेरा शरीर यद्यपि आगे की ओर जा रहा है, जैसे वायु के प्रवाह के विरुद्ध जाने वाले झण्डे का रेशमी वस्त्र पीछे की ओर ही लौटता है!

(राजा का प्रस्थान)

द्वितीय अंक

(उदास भाव से साँस छोड़कर विदूषक का प्रवेश)

विदूषक : (*गहरा साँस छोड़कर मन ही मन*) बस, देख लिया। इस शिकारी राजा की मित्रता से तो अब परेशान हो गया हूँ। भरी दुपहरी में भी 'यह रहा हरिण', 'वह निकला सूअर', 'वह भागा चीता' कहते हुए वन-वन मारे-मारे फिरो, आसपास पेड़ नहीं, छाँह का कहीं नाम नहीं। पीने को है पहाड़ी नदियों का पानी; उसमें इतने पत्ते सड़े हैं कि स्वाद कसैला हो गया है। समय पर खाने को न मिले, और जब मिले तो वह सलाखों पर भुने माँस के सिवा कुछ नहीं। घोड़े पर चढ़कर शिकार का पीछा करते-करते कन्धों की हड्डियाँ तक दुखने लगीं, जिसके मारे रात को ढंग की नींद भी नहीं आती। और उस पर अभी सवेरा होता नहीं कि ये शैतान बहेलिए चिड़ीमार हाँके का शोर मचा-मचाकर फिर जगा देते हैं। इतने के मारे ही चैन नहीं थी, अब गिल्लड़ के ऊपर यह एक फोड़ा और निकल आया। कल हमारे पिछड़ जाने पर महाराज हरिण का पीछा करते-करते तपोवन में जा पहुँचे और मेरे दुर्भाग्य से मुनि कन्या शकुन्तला को देख आए। अब वह नगर की ओर मुड़ने का नाम भी नहीं लेते। आज भी उन्होंने उसी की याद में जागते-जागते रात बिता दी। पर करूँ भी तो क्या? अच्छा, चलता हूँ। यदि वह स्नान-उपासना आदि से निवृत्त हो गए हों, तो उनके ही दर्शन करूँ। यह लो, हमारे प्रिय मित्र महाराज तो स्वयं ही इधर आ रहे हैं। धनुष हाथ में लिए, वनफूलों की मालाएँ पहने यवन-कन्याएँ उन्हें घेरे चल रही हैं। ठीक है ऐसे खड़ा हो जाता हूँ, जैसे मेरे हाथ-पाँव टूट गए हों। शायद इसी तरह कुछ विश्राम मिल जाए।

(डण्डे का सहारा लेकर खड़ा हो जाता है।)

(ऊपर बताए ढंग से यवन-कन्याओं से घिरे राजा का प्रवेश)

राजा : भले ही प्रियतमा सुलभ नहीं है, फिर भी उसके मनोभाव को देखकर मन को कुछ सहारा मिलता है। भले ही हम दोनों का मिलन पूर्ण न हो, फिर भी दोनों ओर से मिलन का आग्रह होने पर प्रेम तो बढ़ता ही है। *(मुस्कराकर)* अपने प्रिय की चित्तवृत्ति को अपने मनोनुकूल समझने वाला प्रेमी इसी प्रकार धोखा खाता है। देखो न, वह शकुन्तला जब अपनी स्निग्ध मधुर चितवन से दूसरी ओर भी देखती थी, तो मुझे यही लगता था कि वह मेरी ओर देख रही है। वह तो नितम्बों के भारी होने के कारण मन्द गति से चल रही थी, और मुझे लगता था कि जैसे वह अपनी गति का विलास मुझे दिखा रही है। सखी ने जब उसे रोककर कहा कि 'मत जाओ' तो वह झल्लाकर बोली। मुझे लगता है कि वह भी मुझे दिखाने के लिए ही था। अभिलाषी व्यक्ति को सब जगह अपने मतलब की ही बात दिखाई पड़ती है।

विदूषक : *(उसी प्रकार खड़े-खड़े)* मित्र, मेरे हाथ-पाँव तो हिलते नहीं; इसलिए केवल वाणी से ही तुम्हारा जयकार करता हूँ।

राजा : क्यों, तुम्हारे हाथ-पाँव को क्या हो गया?

विदूषक : स्वयं तो आँख में उंगली डाली और अब पूछते हो कि आँसू क्यों आए हैं?

राजा : मैं तुम्हारी बात समझा नहीं।

विदूषक : क्यों मित्र, बेंत का पौधा पानी में खड़ा कुबड़े-सा खेल जो किया करता है, वह अपने-आप करता है या नदी के तेज़ बहाव के कारण?

राजा : उसका तो कारण नदी का वेग ही होता है।

विदूषक : तो मेरे कष्ट का कारण भी आप ही हैं।

राजा : वह कैसे?

विदूषक : आप तो सारे राज-काज को छोड़कर ऐसे बीहड़ प्रदेश में बनजारे बने फिर रहे हैं और यहाँ मेरी यह दशा है कि रोज़ वन-पशुओं का पीछा करते-करते मेरी हड्डियों के जोड़ तक हिल गए हैं, जिससे मेरे लिए हिलना-डुलना भी कठिन हो गया है। अब आप मुझे कम से कम एक दिन तो विश्राम करने के लिए छुट्टी देने की कृपा कीजिए।

राजा : (*मन ही मन*) इसने तो यह बात कही और इधर शकुन्तला का स्मरण करके मेरा मन भी शिकार से उचट गया है। क्योंकि अब उन हरिणों की ओर बाण साधकर मुझसे यह धनुष झुकाया नहीं जाता, जिन्होंने प्रियतमा शकुन्तला के पास रहकर उसे भोली चितवनों से देखना सिखलाया है।

विदूषक : (*राजा के मुख की ओर देखकर*) आप तो मन ही मन कुछ सोच रहे हैं; मैं क्या इतनी देर से वन में रो रहा था?

राजा : (*मुस्कराते हुए*) तुम्हारी ही बात सोच रहा हूँ। मित्र की बात टाली नहीं जा सकती, इससे चुप रह गया था।

विदूषक : जियो महाराज, जियो! (*कहकर जाना चाहता है।*)

राजा : मित्र, ठहरो। अभी तुमसे कुछ और बात करनी है।

विदूषक : आज्ञा कीजिए।

राजा : विश्राम तो करोगे ही, पर तुम्हें एक काम में मेरी सहायता करनी होगी। बहुत श्रम का काम नहीं है।

विदूषक : क्या लड्डू तोड़ने में? यह तो बहुत ही बढ़िया बात है।

राजा : फिर बताऊँगा। अरे, कोई यहाँ है?

(प्रवेश करके)

द्वारपाल : (*प्रणाम करके*) आज्ञा कीजिए, महाराज!

राजा : रैवतक, ज़रा सेनापति को तो बुला लाओ।

द्वारपाल : जो आज्ञा। (*बाहर जाता है। सेनापति के साथ फिर प्रवेश करके*) कुछ आज्ञा देने के लिए उत्सुक महाराज इसी ओर मुँह किए बैठे हैं। उनके समीप पधारिए।

सेनापति : (*राजा को देखकर मन ही मन*) शिकार में हज़ार दोष हों किन्तु महाराज के लिए तो यह गुणकारी ही सिद्ध हुआ है। तभी तो महाराज के शरीर में पहाड़ी हाथी-सा प्रचण्ड बल भरा हुआ है। इनके शरीर के सामने का भाग निरन्तर धनुष की डोरी खींचते रहने के कारण कठोर हो गया है। शरीर में सूर्य की धूप को सहने की ऐसी शक्ति आ गई है कि पसीना दिखाई नहीं पड़ता। व्यायामशील होने के कारण इनका शरीर कृश होने पर भी कृश लगता नहीं है। (*पास पहुँचकर*) महाराज की जय हो! वन में हाँका शुरू हो चुका है। आप अब तक इस प्रकार क्यों बैठे हैं?

राजा : इस मृगयानिन्दक माधव्य ने मेरे उत्साह पर पानी डाल दिया है।

सेनापति : (*चुपके से*) मित्र, तुम भी खूब लगा लो ज़ोर। मैं भी स्वामी के मन को बदलकर ही रहूँगा। (*प्रकट*) आप इस मूर्ख को बकने दीजिए। आप स्वयं ही देखिए न कि शिकार से शरीर की चर्बी घट जाती है। पशु भयभीत और क्रुद्ध होने पर कैसा व्यवहार करते हैं, यह भी पता चल जाता है। चलायमान लक्ष्य पर भी यदि तीर जा लगे तो वह धनुर्धारियों की कुशलता का प्रमाण है। लोग शिकार को व्यर्थ ही व्यसन कहते हैं। ऐसा बढ़िया विनोद का साधन तो मिलना कठिन है।

विदूषक : चल रे चल, आया है बड़ा जोश दिलाने वाला। अब महाराज होश में आ गए हैं। तू वन-वन में भटकता हुआ अवश्य किसी नर-नासिका भक्षक बुड्ढे रीछ के मुँह में जाकर पड़ेगा।

राजा : सेनापति, इस समय हम आश्रम के पास ठहरे हुए हैं। इसलिए मैं तुम्हारी बातों का समर्थन नहीं कर सकता। आज तो भैंसों को जोहड़ों के पानी में सींग मार-मारकर आनन्द से नहाने दो। मृगों के झुण्ड वृक्षों की छाया में बैठे हुए जुगाली करते रहें और बनैले सूअर दलदलों में निश्चिन्त होकर नागरमोथे की जड़ों को खोदते रहें। डोरी उतारा हुआ हमारा यह धनुष कुछ समय विश्राम ही करे।

सेनापति : जैसी आपकी इच्छा।

राजा : जो लोग वन में हाँका करने चले गए हैं, उन्हें वापस बुला लो और सैनिकों को कह दो कि वे तपोवन में किसी प्रकार की गड़बड़ न करें। देखो, इन शान्त तपस्वी महात्माओं के अन्दर जला डालने वाला तेज छिपा हुआ है। ये उन सूर्यकान्त मणियों की भाँति हैं, जो स्पर्श में तो शीतल होती हैं, किन्तु यदि किसी अन्य का तेज़ उनके ऊपर पड़ने लगे, तो वे आग उलगने लगती हैं।

सेनापति : जो महाराज की आज्ञा।

विदूषक : हो गया तुम्हारा उत्साह समाप्त?

(सेनापति बाहर जाता है।)

राजा : (*परिचारिकाओं की ओर देखकर*) आप लोग भी इस शिकार के वेश को उतार दें। रैवतक, तुम भी अपने काम पर जाओ।

सेवक लोग : जो महाराज की आज्ञा (*बाहर जाते हैं।*)

विदूषक : चलिए, सब मक्खियाँ साफ हुईं। अब आप वृक्षों की छाया में बने हुए उस सुन्दर लताकुंज आसन पर बैठिए। मैं भी ज़रा आराम से बैठूँ।

राजा : ठीक है। आगे चलो।

विदूषक : इधर आइए।

(दोनों कुछ दूर चलकर बैठ जाते हैं।)

राजा : माधव्य, तुम्हें आँखें मिलने का कुछ लाभ नहीं हुआ; क्योंकि तुमने देखने योग्य वस्तु देखी ही नहीं।

विदूषक : क्यों, आप मेरे सम्मुख तो बैठे हैं!

राजा : अपने-आपको हर कोई सुन्दर समझता है। परन्तु मैं तो उस आश्रम की शोभा शकुन्तला की बात कह रहा हूँ।

विदूषक : (*मन ही मन*) ठीक है, इन्हें मौका ही न दूँगा। *(प्रकट में)* मित्र, लगता है कि तुम्हारा मन उस मुनि-कन्या पर फिसल गया है।

राजा : मित्र, पौरवों का मन निषिद्ध वस्तु पर नहीं फिसलता। वह मुनि-कन्या अप्सरा की सन्तान है और उसके छोड़ देने पर कण्व को प्राप्त हुई है। ठीक ऐसे ही, जैसे नव-मल्लिका का फूल गिरकर आक के पौधे पर आ अटके।

विदूषक : (*हँसकर*) अन्य स्त्री-रत्नों की ओर ध्यान न देकर आप जो इस मुनि-कन्या पर लट्टू हो रहे हैं, वह ऐसा ही है जैसे पिंडखजूर खा-खाकर जी भर जाने पर कोई आदमी इमली खाना चाहे।

राजा : तुमने उसे देखा नहीं, इसी से यह कह सके।

विदूषक : जिसे देखकर आपको भी आश्चर्य हो रहा है, वह अवश्य ही सुन्दर होगी।

राजा : मित्र, और क्या कहूँ? ऐसा प्रतीत होता है जैसे विधाता ने पहले उसका चित्र बनाया और फिर उसमें प्राण डाल दिए। या फिर अपने मन में सारे संसार के रूप की इकट्ठी कल्पना करके उसे सजीव कर दिया। विधाता के निर्माण-कौशल को और शकुन्तला के मनोहर शरीर को देखते हुए मुझे तो लगता है, जैसे उन्होंने यह निराला स्त्री-रत्न रचा है।

विदूषक : यदि यह बात है तो समझो कि उसने सब रूपवतियों को मात दे दी।

राजा : और मेरे मन में तो रह-रहकर यह बात आती है कि वह ऐसा

फूल है, जिसे किसी ने अभी तक सूँघा नहीं है। ऐसा नवपल्लव है, जिसे किसी ने नाखून से कुतरा नहीं है। ऐसा नया रत्न है, जिसमें अभी छेद भी नहीं किया गया है। ऐसा नया मधु है, जिसका किसी ने स्वाद तक नहीं चखा है। वह निर्मल सौन्दर्य व अखण्ड पुण्यों के फल के समान है। न जाने विधाता उसके उपभोग के लिए किस भाग्यशाली को ला खड़ा करेंगे।

विदूषक : तब तो आप ही अविलम्ब उसकी रक्षा करें। ऐसा न हो कि वह किसी इंगुदी के तेल से चिकनी, घुटी हुई टाँट वाले तपस्वी के हाथ पड़ जाए।

राजा : वह बेचारी तो पराधीन है; और उसके गुरु यहाँ हैं नहीं।

विदूषक : आपके प्रति उसकी दृष्टि कैसी थी?

राजा : मित्र, मुनि-कन्याएँ स्वभाव से हो संकोचशील होती हैं। फिर भी मेरे सामने होने पर उसने आँखें दूसरी ओर फेर लीं और कुछ दूसरा ही बहाना करके हँसने लगी। इस प्रकार उसने शिष्टाचार के कारण न तो अपने प्रेम को प्रकट ही होने दिया और न गुप्त ही रखा।

विदूषक : (*हँसकर*) देखते ही तुम्हारी गोदी में नहीं आ बैठी?

राजा : फिर एकान्त में चलते समय उसने शालीनता के साथ भी अपने मनोभाव को बहुत कुछ प्रकट कर दिया। क्योंकि वह सुन्दरी कुछ ही कदम जाकर बिना बात ही पैर में काँटा चुभने का बहाना करके खड़ी हो गई और मुँह फेरकर पेड़ों की शाखाओं में से अपने बल्कल वस्त्र को छुड़ाने लगी; यद्यपि वह वस्त्र उसमें उलझा भी नहीं था।

विदूषक : तब तो साहस बनाए रखिए। देखता हूँ कि आपने तपोवन को उपवन ही बना डाला है।

राजा : मित्र, कुछ तपस्वी मुझे पहचान गए हैं। अब कोई ऐसा बहाना सोचो, जिससे किसी प्रकार एक बार आश्रम में जाकर रह सकें।

विदूषक : आप राजा हैं। आपको दूसरे बहाने की क्या आवश्यकता? यही कहिए कि हमारा अनाज का षष्ठांश लाओ।

राजा : मूर्ख, इनसे हमें दूसरा ही कर प्राप्त होता है, जिसकी तुलना में बहुमूल्य रत्नों का ढेर भी त्याज्य है। देखो, चारों वर्णों से राजा को जो कर प्राप्त होता है, वह नाशवान है; परन्तु ये तपस्वी लोग हमें अपने अक्षय तप का षष्ठांश प्रदान करते हैं।

(नेपथ्य में)

तब तो काम बन गया!

राजा : (*ध्यान से सुनकर*) इनके धीर और शान्त स्वर से तो यह तपस्वी मालूम होते हैं।

(प्रवेश करके)

द्वारपाल : महाराज की जय हो! दो ऋषिकुमार महाराज के दर्शन के लिए द्वार पर आए हैं।

राजा : तो उन्हें तुरन्त यहीं ले आओ।

द्वारपाल : अभी लाता हूँ। (*बाहर जाता है। ऋषिकुमारों के साथ प्रवेश करके*) इधर आइए, इधर।

(दोनों राजा को देखते हैं।)

प्रथम ऋषिकुमार अहा, इन महाराज का रूप तेजस्वी होने पर भी कैसा विश्वासोत्पादक है! या ऋषियों के समान ही जीवन बिताने वाले इन महाराज के लिए यह ठीक ही है; क्योंकि ये भी मुनियों की भाँति सर्वहितकारी आश्रम में निवास कर रहे हैं। ये भी लोगों की रक्षा करके प्रतिदिन तप-संचय करते हैं और इन जितेन्द्रिय महाराज के चारणों द्वारा गाए गए यशगीत स्वर्ग तक सुनाई पड़ते हैं। हैं तो ये भी ऋषि ही; अन्तर केवल इतना है कि ये राजर्षि हैं।

दूसरा ऋषिकुमार गौतम, क्या यही इन्द्र के परम मित्र दुष्यन्त हैं?

पहला ऋषिकुमार हाँ, यही हैं।

दूसरा ऋषिकुमार ठीक है, तब तो इसमें क्या आश्चर्य की बात है कि अकेले ही आसमुद्र पृथ्वी का उपभोग करते हैं। इनकी भुजाएँ दुर्ग के द्वार की अर्गला के समान बलिष्ठ हैं। दैत्यों के साथ युद्ध होने पर सुरांगनाएँ विजय के लिए इनके डोरी चढ़े धनुष तथा इन्द्र के वज्र का ही तो भरोसा रखती हैं।

दोनों ऋषिकुमार (*पास जाकर*) महाराज की जय हो!

राजा : (*आसन से उठकर*) आप दोनों को प्रणाम!

दोनों ऋषिकुमार आपका कल्याण हो! (*कहकर फल भेंट करते हैं।*)

राजा : (*प्रणाम करते हुए फल लेकर*) कुछ आज्ञा कीजिए।

दोनों ऋषिकुमार : आश्रमवासियों को मालूम हो गया है कि आप यहाँ आए हुए हैं, इसलिए वे आपसे प्रार्थना करते हैं...।

राजा : उनकी क्या आज्ञा है?

दोनों ऋषिकुमार : महर्षि कण्व के यहाँ न होने से राक्षस लोग हमारे यज्ञों में विघ्न डालते हैं। इसलिए आप सारथि के साथ कुछ दिन तक हमारे आश्रम को सनाथ कीजिए।

राजा : यह उनकी कृपा है।

विदूषक : (*आड़ करके*) इनका यह अनुरोध तो तुम्हारे मनोनुकूल ही है।

राजा : (*मुस्कराकर*) रैवतक, मेरी ओर से सारथि से कहो कि धनुष-बाण और रथ लेकर आए।

द्वारपाल : जो महाराज की आज्ञा। (*बाहर जाता है।*)

दोनों ऋषिकुमार : (*प्रसन्न होकर*) आपका यह कार्य आपके योग्य ही है। आपके पूर्वज भी ऐसा ही करते रहे हैं। विपत्ति में पड़े लोगों को अभयदान देना पौरवों का धर्म रहा है।

राजा : (*प्रणाम करके*) अब आप लोग चलें। मैं बस आपके पीछे ही आ रहा हूँ।

दोनों ऋषिकुमार : आपकी जय हो! (*कहकर बाहर निकल जाते हैं।*)

राजा : माधव्य, शकुन्तला को देखने की इच्छा है?

विदूषक : पहले तो बहुत थी, परन्तु अब यह राक्षसों वाली बात सुनकर रत्ती-भर भी शेष नहीं रही।

राजा : डरते क्यों हो, मेरे पास ही तो रहोगे।

विदूषक : हाँ, तब तो राक्षसों से बच जाऊँगा।

(प्रवेश करके)

द्वारपाल : महाराज, आपकी विजय-यात्रा के लिए रथ तैयार है और नगर से मातुश्री का आदेश लेकर करभक आया है।

राजा : (*आदर के साथ*) क्या माताजी ने भेजा है?

द्वारपाल : जी हाँ।

राजा : उसे बुलाओ।

द्वारपाल : जो आज्ञा। (*बाहर जाता है और करभक के साथ फिर आता है।*) महाराज वह बैठे हैं। पास जाओ।

करभक : महाराज की जय हो! माताश्री ने आज्ञा दी है कि आज से चौथे दिन उनका उपवास समाप्त होगा। वहाँ पर चिरंजीव आप अवश्य उपस्थित हों।

राजा : इधर तपस्वियों का कार्य है और उधर बड़ों की आज्ञा। दोनों में से किसी को भी टाला नहीं जा सकता। अब क्या किया जाए?

विदूषक : त्रिशंकु की तरह बीच में ही लटके रहिए।

राजा : सचमुच ही मैं चिन्तित हो उठा हूँ। ये दोनों कार्य अलग-अलग स्थान के हैं; इसी से मेरा मन दुविधा में पड़ गया है, जैसे सामने पर्वत आ जाने पर विशाल नदी का प्रवाह दो भागों में बँट जाता है। (*कुछ देर विचार कर*) मित्र, तुम्हें भी तो माताजी पुत्र के समान ही मानती हैं। इसलिए तुम यहाँ से लौटकर नगर चले जाओ। वहाँ जाकर माताजी से निवेदन कर देना कि मैं तपस्वियों के कार्य में फँसा हुआ हूँ और मेरी ओर से तुम्हीं पुत्र के सब कार्य पूरे कर देना।

विदूषक : पर तुम यह तो नहीं समझोगे कि मैं राक्षसों से डरकर चला गया?

राजा : (*मुस्कराकर*) वाह, ऐसा कभी हो सकता है?

विदूषक : राजा के छोटे भाई को जिस शान से जाना चाहिए, उसी शान से जाऊँगा।

राजा : तपोवन के लोगों को कोई कष्ट न हो, इसलिए सब अनुचरों को तुम्हारे साथ ही वापस भेज दूँगा।

विदूषक : (*गर्व के साथ*) वाह, तब तो अब मैं युवराज ही हो गया।

राजा : (*मन ही मन*) यह ब्राह्मण है तो मूर्ख ही। कहीं ऐसा न हो कि यह मेरे मन की बात अन्तःपुर में जाकर रानियों से कह दे। अच्छा, इसे समझाए देता हूँ। (*विदूषक का हाथ पकड़कर प्रकट रूप से*) मित्र, ऋषियों का आदर रखने के लिए मैं तपोवन में जा रहा हूँ। मुनि-कन्या से मुझे बिल्कुल भी प्रेम नहीं है। देखो, कहाँ तो हम और कहाँ मृगछौनों के साथ बड़ी हुई, प्रेम का 'क-ख' भी न जानने वाली वह शकुन्तला! मेरी उस हँसी में कही बात को कहीं तुम सच ही न समझ लेना!

विदूषक : तुम क्या मुझे इतना बुद्धू समझते हो!

(सब बाहर निकल जाते हैं।)

तृतीय अंक

(हाथ में कुशा लिए हुए कण्व के शिष्य का प्रवेश)

शिष्य : वाह, महाराज दुष्यन्त के प्रताप का क्या कहना! उनके आश्रम में प्रविष्ट होते ही हमारे सब यज्ञ-कर्म निर्विघ्न होने लगे हैं। बाण चढ़ाने की तो आवश्यकता ही नहीं; उनका धनुष हुंकार के समान अपनी डोरी के शब्द से ही सब विघ्नों को दूर कर देता है। चलूँ, वेदी पर बिछाने के लिए यह कुशा यज्ञ करने वाले पुरोहितों को दे आऊँ। (*कुछ दूर चलकर और आकाश की ओर देखकर*) प्रियंवदा, यह खस का लेप और कमलनाल-समेत कमल के पत्ते किसके लिए ले जा रही हो? (*सुनकर*) क्या कहती हो? लू लग जाने के कारण शकुन्तला की दशा बिगड़ गई है! उसके शरीर को शान्ति देने के लिए जा रही हो! तब तो जल्दी जाओ। सखि, वह शकुन्तला तो कुलपति कण्व का प्राण है। मैं भी अभी जाकर यज्ञ से बचा पवित्र जल गौतमी के हाथ भिजवाता हूँ।

(बाहर चला जाता है।)

(विष्कम्भक समाप्त)

(विरह से व्याकुल राजा का प्रवेश)

राजा : (*चिन्ता के साथ गहरी साँस छोड़कर*) मैं ऋषियों के तपोबल को भली-भाँति पहचानता हूँ; और यह भी मुझे मालूम है कि वह सुन्दरी शकुन्तला पिता की आज्ञा के बिना कुछ न करेगी। फिर भी मैं किसी प्रकार अपने हृदय को उससे वापस नहीं लौटा पा रहा हूँ। (*विरह-व्यथा का अभिनय करते हुए*) भगवान् कामदेव, तुमने और चन्द्रमा ने विश्वसनीय होकर भी प्रेमी-जनों को बहुत धोखा दिया है। क्योंकि मेरे जैसे लोगों के लिए न तो तुम्हारे

बाण ही फूलों के रहते हैं और न ही चन्द्रमा की किरणें शीतल रहती हैं। चन्द्रमा अपनी हिमशीतल किरणों से आग बरसाने लगता है और तुम अपने फूलों के बाण को वज्र के समान कठोर कर लेते हो। *(उदास भाव से कुछ दूर चलकर)* इस समय ऋषि लोग तो यज्ञ कर्म में लगे हुए हैं और उन्होंने मुझे कुछ देर की छुट्टी भी दे दी है। अब कहाँ चलूँ, जहाँ कुछ देर बैठकर थकान मिटा सकूँ? *(गहरी साँस छोड़कर)* प्रिया के दर्शन के अतिरिक्त मेरे लिए और स्थान भी कहाँ! तो चलूं, उसी की खोज करूँ। *(सूर्य की ओर देखकर)* प्रायः इस तेज़ धूप की दुपहरी के समय शकुन्तला मालिनी के तीर लताओं के कुंज में रहा करती है। चलो, फिर वहीं चलता हूँ। *(कुछ दूर चलकर ठण्डी वायु के स्पर्श का अनुभव करता हुआ)* अहा, इस जगह तो खूब ठण्डी हवा चल रही है। यहाँ की वायु में कमलों की सुगन्ध भरी है और वायु मालिनी नदी की तरंगों के जल-कणों से शीतल हो उठी है। मेरे विरह से तपे शरीर को वायु बहुत ही सुखद लग रही है। *(कुछ दूर चलकर और देखकर)* शकुन्तला अवश्य ही इस बेंत से घिरे हुए लताकुंज में है; *(भूमि की ओर देखकर)* क्योंकि इस कुंज के द्वार पर सफेद रेत में नए पदचिह्नों की पंक्ति दिखाई पड़ रही है। ज़रा पेड़ों की डालियों से देखूँ तो। *(थोड़ा चलकर देखता है, प्रसन्न होकर)* अहा, आँखों में चैन पड़ गई। यह मेरी अभिलाषाओं की रानी पत्थर की शिला पर बिछे फूलों के बिछौने पर लेटी हुई है। दोनों सखियाँ उसके पास बैठी हैं। अच्छा, सुनूँ तो ये एकान्त में क्या बातें कर रही हैं *(कुंज में अन्दर की ओर झाँकता हुआ खड़ा रहता है।)*

(ऊपर वर्णित रूप में सखियों के साथ शकुन्तला का प्रवेश)

सखियाँ : *(स्नेह के साथ पंखा झलते हुए)* क्यों शकुन्तला, कमल के पत्ते की हवा अच्छी तो लग रही है न?

शकुन्तला : क्या तुम मेरे ऊपर पंखा झल रही हो?

(दोनों सखियाँ विषाद का अभिनय करती हुई एक-दूसरी की ओर देखती हैं।)

राजा : शकुन्तला बहुत ही अस्वस्थ दिखाई पड़ती है। *(सोचकर)* यह इसे लू लगी है, या फिर जैसी मेरे मन की दशा है वैसी ही दशा इसकी भी है? *(प्रेम के साथ देखकर)* ठीक है। अब इसमें सन्देह

नहीं। इसकी कलाई में कमलनाल का एक ढीला-ढाला कंगन पड़ा है। यह ठीक है कि लू लगने पर युवतियों में इस प्रकार का सौन्दर्य शेष नहीं रहता।

प्रियंवदा : (*चुपके से*) अनसूया, सखि, मेरे मन में भी यही आशंका है। अच्छा, इससे पूछती हूँ। (*प्रकट रूप से*) सखि, तुझसे एक बात पूछती हूँ। तुझे बहुत कष्ट हो रहा है!

शकुन्तला : (*बिस्तर पर से आधी उठकर बैठ जाती है।*) क्या पूछना चाहती हो?

अनसूया : शकुन्तला, हम दोनों को यह मालूम नहीं कि प्रेम क्या होता है, किन्तु पुस्तकों में प्रेमियों की जैसी दशा पढ़ी है, इस समय तेरी दशा भी वैसी ही दिखाई पड़ रही है। अब ठीक बता, तेरे कष्ट का कारण क्या है? जब तक विकार का सही कारण ज्ञात न हो, तब तक उसका कुछ भी प्रतिकार नहीं किया जा सकता।

राजा : अनसूया ने भी वही बात सोची, जो मैं सोच रहा था। तब तो मेरा यह विचार केवल स्वार्थप्रेरित नहीं था।

शकुन्तला : (*मन ही मन*) मेरा प्रेम अत्यन्त तीव्र है। फिर भी मैं एकाएक इन्हें बताऊँ कैसे!

प्रियंवदा : शकुन्तला, अनसूया, ठीक कहती है। अपने रोग की इस तरह उपेक्षा क्यों करती हो? दिनोंदिन तुम्हारी देह सूखती जाती है। अब बस सौन्दर्य की झलक ही तुम पर शेष बची है।

राजा : प्रियंवदा की बात सच है, क्योंकि इसके कपोल और मुख बिल्कुल मुरझा गए हैं। कटि और भी अधिक झीण हो गई है। कन्धे बहुत झुक गए हैं। रंग पीला पड़ गया है। इस समय प्रेम से व्याकुल इस शकुन्तला को देखकर दुःख भी होता है और देखने में यह प्रिय भी लगती है। इसकी दशा उस माधवी लता के समान है, जिसके पत्ते पश्चिमी वायु के स्पर्श से सूख चले हों।

शकुन्तला : सखि, यदि तुमसे न कहूँगी तो और कहूँगी किससे! इस समय मेरे लिए तुम्हें कुछ कष्ट उठाना पड़ेगा।

सखियाँ : इसीलिए तो हम इतना आग्रह कर रही हैं। इष्ट-बन्धुओं में बाँट लेने से दुःख की पीड़ा सह्य हो जाती है।

राजा : जब सुख-दुःख में साथ रहने वाली सखियाँ पूछ रही हैं तो यह शकुन्तला अपनी मानसिक व्याधि का कारण अब बताएगी ही। यद्यपि इसने अपनी ललचाई आँखों से बार-बार मुझे देखा था,

फिर भी इस समय मैं इसकी व्यथा का कारण सुनने के लिए अधीर हो उठा हूँ।

शकुन्तला : सखियो, जब से मैंने तपोवन के रक्षक उन राजर्षि के दर्शन किए हैं, तभी से उनके प्रेम में मेरी यह दशा हो गई है।

राजा : (*प्रसन्न होकर*) जो सुनना था, वह सुन लिया। कामदेव ने ही वेदना जगाई थी और अब उसी ने उसे शान्त भी किया है; जैसे अति प्रचण्ड गर्मी के दिन अपराह्न में बादल आ जाने से प्राणियों को शान्ति मिल जाती है।

शकुन्तला : यदि तुम दोनों को ठीक लगे तो ऐसा करो, जिससे वह राजर्षि मुझ पर दया करे। अन्यथा मेरे लिए तिल और जल की अंजलियाँ तैयार कर लो।

राजा : इस बात को सुनकर तो कोई सन्देह ही नहीं रहा।

प्रियंवदा : (*धीरे से*) अनसूया, इसका प्रेम बहुत दूर तक बढ़ चुका है। अब विलम्ब इससे सहन नहीं होगा। जिससे इसका अनुराग है, यह पुरुवंश का भूषण है। इसके इस प्रेम की प्रशंसा करना ही उचित है।

अनसूया : ठीक कहती हो।

प्रियंवदा : (*प्रकट रूप से*) सखि, तुम्हारा यह अनुराग तुम्हारे अनुरूप ही है। महानदी सागर के अतिरिक्त और मिलेगी भी किससे! पत्तों से लदी हुई माधवी लता को आम्र के वृक्ष के सिवाय और संभाल भी कौन सकता है!

राजा : यदि विशाखा नक्षत्र शशिकला का अनुगमन करे, तो इसमें आश्चर्य क्या है!

अनसूया : पर ऐसा क्या उपाय किया जाए, जिससे हमारी सखी की कामना अविलम्ब और गुपचुप पूरी हो जाए?

प्रियंवदा : गुपचुप हो, यही बात सोचने की है। जल्दी करना तो सरल है।

अनसूया : वह कैसे?

प्रियंवदा : उन राजर्षि को भी इससे प्रेम है, यह बात उनकी स्नेह भरी दृष्टि को देखकर छिपी नहीं रहती। आजकल रात्रि-जागरण के कारण वे कुछ दुर्बल भी दिखाई पड़ते हैं।

राजा : सच है। मेरी दशा ऐसी ही हो गई है। रात में जब मैं बाँह पर सिर रखकर लेटता हूँ तो हृदय के सन्ताप से गर्म-गर्म आँसू आँखों से बहने लगते हैं। उन आँसुओं के कारण मेरे इस सोने के कंगन में जुड़े हुए

रत्न का रंग मैला पड़ गया है। बाँह पतली हो जाने के कारण यह कंकण बार-बार डोरी के आघात-चिह्न को छुए बिना ही नीचे को सरक जाता है, और मुझे बार-बार इसे ऊपर की ओर सरकाना पड़ता है।

प्रियंवदा : (*सोचकर*) सखि, इसकी ओर से प्रेमपत्र लिखो। उस पत्र को मैं देवता के प्रसाद के बहाने फूलों में छिपाकर उनके हाथ में दे आऊँगी।

अनसूया : यह उपाय बहुत अच्छा है। क्यों शकुन्तला, क्या कहती हो?

शकुन्तला : मुझे क्या सोचना-विचारना है!

प्रियंवदा : तो अपनी मनोदशा का वर्णन करते हुए एक सुन्दर-सी कविता तो बना डालो।

शकुन्तला : अच्छा, सोचती हूँ। परन्तु मेरा हृदय इस विचार से काँप उठता है कि कहीं वे मेरा तिरस्कार न कर दें।

राजा : (*प्रसन्न होकर*) अरी भीरु, जिससे तुम्हें तिरस्कृत होने की आशंका हो रही है, वह तो तुमसे मिलने को अधीर खड़ा है। याचक को लक्ष्मी मिले या न मिले, परन्तु स्वयं लक्ष्मी जिसे चाहे, वह कैसे दुर्लभ हो सकता है?

सखियाँ : तुम व्यर्थ ही अपने गुणों का अनादर करती हो। शरीर को शान्ति देने वाली शरद् ऋतु की चाँदनी को कौन कपड़ा ओढ़कर अपने से दूर रखता है!

शकुन्तला : (*मुस्कराकर*) अच्छा, मैं प्रेमपत्र लिखती हूँ। (*बैठी-बैठी सोचने लगती है।*)

राजा : अपनी प्रियतमा को अपलक देखने का यह बहुत ही अच्छा अवसर है। यह इस समय कविता रचने बैठी है। इसकी एक भौंह कुछ ऊँची हो गई है। और कपोलों पर रोमांच हो आया है। मेरे प्रति इसका प्रेम कितना स्पष्ट झलक उठा है!

शकुन्तला : सखि, मैंने गीत तो सोच लिया है, परन्तु यहाँ लिखने का कोई साधन तो है ही नहीं।

प्रियंवदा : यह कमल का पत्ता कैसा तोते के पेट के समान सुकुमार है, इसी पर अपने नाखूनों से लिख डालो न!

शकुन्तला : (*कमल के पत्ते पर नाखूनों से लिखकर*) री, अब ज़रा सुन लो। ठीक बना है या नहीं?

सखियाँ : सुनाओ। हम सुन रही हैं।

शकुन्तला : (पढ़ती है।)

तड़पूँ मैं दिन-रात न मुझको चैन एक पल आए रे!
लगी प्रेम की आग मुझे, जो अंग-अंग झुलसाए रे!
तेरे जी का हाल न जानूँ मुझे चाह तड़पाए रे!

राजा : (*एकाएक पास पहुँचकर*) सुन्दरी, कामदेव तुम्हें तो केवल तपाता है, परन्तु मुझे तो जलाए ही डालता है। दिन के कारण चन्द्रमा की कान्ति जितनी मलिन हो जाती है; उतनी कुमुदिनी की नहीं होती।

सखियाँ : (*प्रसन्न होकर*) वाह, हमने सोचा और आप आ पहुँचे। आपका स्वागत है।

(शकुन्तला उठना चाहती है)

राजा : लेटी रहिए, उठने का कष्ट न कीजिए। सेज के फूल आपके शरीर पर चिपक गए हैं और टूटी हुई कमलनालों की सुगन्ध उसमें रम गई है। इससे स्पष्ट है कि आपका शरीर ज्वर से जल रहा है। आपको शिष्टाचार प्रदर्शित करने की आवश्यकता नहीं है।

अनसूया : आप भी इस पत्थर की शिला के एक भाग को सुशोभित कीजिए।

(राजा बैठ जाता है। शकुन्तला लजाई बैठी रहती है।)

प्रियंवदा : आप दोनों का एक-दूसरे के प्रति प्रेम प्रकट हो ही चुका है, फिर भी अपनी सखी के प्रति प्रेम के कारण मुझे बात दुहरानी पड़ रही है।

राजा : भद्रे, अवश्य कहिए। सोची हुई बात यदि न कही जाए ता उसका पश्चात्ताप बना रहता है।

प्रियंवदा : अपने राज्य में रहने वाले विपत्तिग्रस्त व्यक्ति का दुःख राजा को दूर करना चाहिए। यह आपका धर्म है न?

राजा : बस, इतनी-सी बात?

प्रियंवदा : हमारी इस प्रिय सखी की आपके कारण भगवान् कामदेव ने यह दशा कर दी है। अब आप ही कृपा करके इसे जीवन-दान दीजिए।

राजा : भद्रे, यह प्रेम दोनों ओर से है। आपने मुझ पर अनुग्रह किया है।

शकुन्तला : (*प्रियंवदा की ओर देखकर*) सखी, अन्तःपुर के विरह से बेचैन राजर्षि से इस प्रकार क्यों आग्रह कर रही हो?

राजा : सुन्दरी, तुम मेरे हृदय में आसन बना चुकी हो। मेरा यह हृदय तुम्हारे ही वश में है। यदि तुम्हें इस पर विश्वास नहीं, तो तुम मुझ पर एक और नई चोट कर रही हो। कामदेव के बाणों से मैं पहले ही घायल हो चुका हूँ।

अनसूया : मित्र, सुना है राजाओं की बहुत-सी रानियाँ होती हैं। आप ऐसा

कीजिए, जिससे हमारी इस प्यारी सखी के लिए इसके इष्ट-बन्धुओं को दुःख न करना पड़े।

राजा : भद्रे, बहुत कहने से क्या लाभ? अनेक रानियों के होते हुए भी मेरे कुल की प्रतिष्ठा केवल दो से ही होगी। एक तो समुद्र-वसना पृथ्वी से और दूसरे तुम्हारी इस सखी से।

सखियाँ : चलिए, हमें सन्तोष हुआ।

प्रियंवदा : (*बाहर की ओर देखकर*) अनसूया, यह हरिण का बच्चा हमारी ओर उदास दृष्टि से देख रहा है। बेचारा अपनी माँ को ढूँढ़ता फिर रहा है। चलो, इसे इसकी माँ से मिला दें।

(दोनों चल पड़ती हैं)

शकुन्तला : सखि, तुम मुझे अरक्षित छोड़ चलीं। तुममें से कोई एक तो आ जाओ।

सखियाँ : जो सारी पृथ्वी का रक्षक है, वह तो तुम्हारे पास बैठा है। (*कहकर चली जाती हैं।*)

शकुन्तला : यह क्या! चली ही गईं!

राजा : घबराओ नहीं, तुम्हारा यह पुजारी तुम्हारे पास जो बैठा है। कहो, क्या कमलपत्रों के पंखे से तुम्हारे ऊपर ठण्डी हवा करके थकान मिटाऊँ या तुम्हारे इन कमल के समान पैरों को अपनी गोद में रखकर धीरे-धीरे सहलाऊँ, जिससे तुम्हें सुख मिले।

शकुन्तला : आप आदरणीय हैं। ऐसा करवाकर मैं अपराध की भागिनी नहीं बनना चाहती। (*उठकर जाना चाहती है।*)

राजा : सुन्दरी, अभी दिन ढला नहीं है और तुम्हारा शरीर भी स्वस्थ नहीं है। इस समय फूलों की सेज को छोड़कर और कमल-पत्रों की बनी इस अंगिया को छोड़कर ज्वर से दुर्बल हुए इस शरीर से तुम धूप में कैसे जाओगी?

(कहकर उसे बलपूर्वक लौटा लेता है।)

शकुन्तला : पौरव, अशिष्टता मत करो। प्रेम से व्याकुल होने पर भी मैं स्वाधीन नहीं हूँ।

राजा : भीरु, तुम गुरुजनों से व्यर्थ डरती हो। इस सबको जान-सुनकर धर्म के ज्ञाता महर्षि कण्व बुरा नहीं मानेंगे। देखो, पहले भी अनेकों राजर्षियों की कन्याओं का विवाह गान्धर्व विधि से हो चुका है और उनके पिताओं ने उन कन्याओं का अभिनन्दन ही किया, बुरा नहीं माना।

शकुन्तला : मुझे छोड़ दो। फिर भी मैं सखियों से तो पूछ लूँ।

राजा : अच्छा, छोड़ दूँगा।

शकुन्तला : कब?

राजा : जब मैं तुम्हारे इस अक्षत्, कोमल अधर का अपने प्यासें होंठों से उसी प्रकार रसपान कर लूँगा जैसे भ्रमर सदयता के साथ नए फूल का रस लेता है।

(यह कहकर उसके मुख को ऊपर उठाना चाहता है। शकुन्तला मुँह बचाने का अभिनय करती है।)

(नेपथ्य में)

ओ चक्रवाकवधू, सहचर को विदा दो। रात्रि आ पहुँचती है।

शकुन्तला : (*हड़बड़ाकर*) पौरव, मेरा हाल-चाल पूछने के लिए अवश्य गौतमी यहाँ आ रही है, तुम पेड़ों के पीछे छिप जाओ।

राजा : अच्छा। (*छिपकर बैठ जाता है।*)

(उसके बाद पात्र हाथ में लिए गौतमी और सखियों का प्रवेश)

सखियाँ : आर्ये गौतमी, इधर आइए, इधर।

गौतमी : (*शकुन्तला के पास जाकर*) बेटी, तुम्हारे शरीर का ताप कुछ कम हुआ कि नहीं?

शकुन्तला : आर्ये, अब तो काफी अन्तर है।

गौतमी : इस कुशा के जल से तेरा शरीर बिल्कुल नीरोग हो जाएगा। (*शकुन्तला के सिंर पर पानी छिड़ककर*) बेटी; अब तो दिन ढल गया। चलो, कुटिया में ही चलते हैं।

(सब चल पड़ती हैं।)

शकुन्तला : (*मन ही मन*) हृदय! इतनी सरलता से इच्छा पूरी हो गई, पर तुम पहले-पहल अपनी कातरता त्याग न सके। अब बिछड़ जाने पर इतने पछता क्यों रहे हो? हे सन्तापहारक लताकुंज, तुम्हें आनन्द-विहार के लिए फिर निमन्त्रण दिए जाती हूँ।

(शकुन्तला उदास होकर सबके साथ बाहर चली जाती है।)

राजा : (*पहले स्थान पर आकर गहरी साँस छोड़कर*) आह, मनोकामनाओं की पूर्ति में हज़ार विघ्न होते हैं। जब वह सुन्दर पलकों वाली शकुन्तला अंगुलियों से अपने होंठों को ढककर बार-बार 'नहीं', 'नहीं' कहती जा रही थी और इसीलिए और भी अधिक सुन्दर लग रही थी, उस समय मैंने उसके कन्धे पर रखे हुए मुख को

जैसे-तैसे ऊपर की ओर तो किया, किन्तु चूम नहीं पाया। अब कहाँ जाऊँ? या कुछ देर इसी लताकुंज में बैठता हूँ, जहाँ मेरी प्रिया इतनी देर विश्राम करके चली गई है। (*चारों ओर देखकर*) उधर शिला के ऊपर उसके शरीर से मसली हुई यह फूलों की सेज बिछी है। इधर यह कमल के पत्ते पर नाखूनों से लिखा हुआ मुरझाया हुआ प्रेमपत्र पड़ा है। यह उसके हाथ से गिरा हुआ कमलनाल का कंगन पड़ा है। मेरी दृष्टि जैसे इन वस्तुओं पर चिपकी-सी जा रही है। इस सूने बेंत के कुंज से भी एकाएक बाहर निकल पाना मेरे बस का नहीं है।

(आकाश में)

महाराज, अभी सायंकाल का यज्ञ प्रारम्भ होते ही यज्ञाग्नि की वेदी के चारों ओर माँस खाने वाले राक्षसों की दूर-दूर तक फैली हुई संध्याकाल के मेघों के समान भूरी, डरावनी छायाएँ चक्कर काटने लगी हैं।

राजा : घबराओ नहीं। यह मैं आ पहुँचा।

(बाहर निकल जाता है।)

चतुर्थ अंक

(फूल चुनने का अभिनय करती हुई दोनों सखियों का प्रवेश)

अनसूया : प्रियंवदा, शकुन्तला को गान्धर्व विधि से विवाह करके अपने अनुरूप पति मिल गया, इससे मेरे हृदय को बड़ा सन्तोष हुआ। फिर भी यह बात ज़रा सोचने की है।

प्रियंवदा : क्या बात?

अनसूया : यह कि आज वह राजर्षि यज्ञ की समाप्ति पर ऋषियों से विदा लेकर अपने नगर को चले जाएँगे। वहाँ जाकर अन्तःपुर में प्रवेश करके उन्हें यहाँ की बातें याद भी रहती हैं या नहीं।

प्रियंवदा : चिन्ता मत कर, इस प्रकार की सुन्दर आकृति वाले पुरुष दोषी नहीं हुआ करते। पर यह मालूम नहीं कि इस सारे वृत्तान्त को सुनकर पिता कण्व क्या कहेंगे!

अनसूया : मुझे तो ऐसा लगता है कि वह इसे ठीक ही मानेंगे।

प्रियंवदा : वह क्यों?

अनसूया : सबसे बड़ी बात यही होती है कि कन्या गुणवान व्यक्ति को दी जाए। यदि भाग्य ही इसे पूरा कर दे तो माता-पिता की अभिलाषा तो अनायास ही पूर्ण हो गई समझो।

प्रियंवदा : (*फूलों की डलिया की ओर देखकर*) सखि, पूजा के लिए फूल काफी हो गए।

अनसूया : आज सखि शकुन्तला को सौभाग्यदेवी की भी तो पूजा करनी है।

प्रियंवदा : ठीक है। (*फिर चुनने लगती है।*)

(नेपथ्य में)

अनसूया : (*ध्यान से सुनकर*) सखि, अतिथियों की-सी आवाज़ मालूम होती है।

प्रियंवदा : कुटिया में शकुन्तला तो है। (*मन ही मन*) परन्तु वहाँ होते हुए भी आज उसका मन वहाँ नहीं है।

अनसूया : अच्छा, इतने फूल बहुत हैं। (*कहकर दोनों चल पड़ती हैं।*)

(नेपथ्य में)

अरी, अतिथि का तिरस्कार करने वाली, तू एकाग्र मन से जिसके ध्यान में मग्न होकर मुझ घर आए हुए तपस्वी ऋषि को भी नहीं पहचान रही है, वह तुझे भूल जाएगा और याद दिलाने पर भी उसी तरह याद नहीं कर पाएगा, जैसे कोई नशेबाज़ नशे की दशा में कही हुई बातों को याद नहीं कर पाता।

प्रियंवदा : हाय-हाय! यह बुरा हुआ। अन्यमनस्क शकुन्तला किसी पूजनीय व्यक्ति के प्रति अपराध कर बैठी है। (*सामने की ओर देखकर*) वह भी किसी ऐसे-वैसे के प्रति नहीं! यह चट क्रुद्ध हो उठने वाले महर्षि दुर्वासा शाप देकर तेज़ी के साथ दनदनाते हुए वापस लौटे जा रहे हैं। अग्नि के सिवाय और जला कौन सकता है!

अनसूया : जा, पैरों पड़कर इन्हें वापस बुला ला। तब तक मैं जलपान तैयार करती हूँ।

प्रियंवदा : अच्छा। (*बाहर निकल जाती है।*)

अनूसया : (*कुछ कदम चलकर ठोकर लगने का अभिनय करती है।*) हाय, हड़बड़ाकर चली तो यह ठोकर लगी और मेरे हाथ से फूलों की डलिया छूट गई। (*फूल चुनने का अभिनय करती है।*)

(प्रवेश करके)

प्रियंवदा : सखी, वह तो स्वभाव से ही टेढ़े हैं। वह किसी की अनुनय-विनय कहाँ सुनते हैं! फिर भी मैंने जैसे-तैसे थोड़ा-बहुत मना ही लिया।

अनसूया : (*मुस्कराकर*) उनके लिए तो इतना भी बहुत है। अच्छा, क्या बात हुई?

प्रियंवदा : जब वह लौटने को तैयार ही न हुए तो मैंने कहा, भगवन्, शकुन्तला आपके तप के प्रभाव को नहीं जानती; फिर भी वह आपकी कन्या के समान है, उसके इस अपराध को पहला अपराध समझकर ही क्षमा कर दीजिए।

अनूसया : फिर क्या हुआ?

प्रियंवदा : तब वह कहने लगे कि मेरी बात मिथ्या नहीं हो सकती। किन्तु पहचान का आभूषण दिखा देने पर शाप समाप्त हो जाएगा। यह कहते हुए वह अन्तर्धान हो गए।

अनसूया : चलो, अब तो कुछ सहारा है। चलते समय वह राजर्षि एक अंगूठी दे गए हैं, जिस पर उनका नाम लिखा है। उसे शकुन्तला को पहनाते हुए उन्होंने कहा था कि यह मेरी याद रहेगी। अब उस

अंगूठी के द्वारा शकुन्तला शाप का प्रतिकार कर सकेगी।

प्रियंवदा : सखि, चलो, उसके लिए सौभाग्य देवी की पूजा तो कर आएँ। (*दोनों चलती हैं।*)

प्रियंवदा : (*सामने की ओर देखकर*) अनसूया, वह देख तो; प्यारी सखि शकुन्तला हाथ के ऊपर मुँह रखे कैसी चित्रांकित-सी दिखाई पड़ रही है। पति के ध्यान में मग्न इस बेचारी को तो अपना ही ध्यान नहीं है, फिर आगुन्तक का तो कहना ही क्या!

अनसूया : प्रियंवदा, यह बात बस हम दो तक ही रहे। शकुन्तला का स्वभाव बहुत सुकुमार है, उसे यह बात न बताना ही ठीक है।

प्रियंवदा : नवमल्लिका को कहीं उबलते पानी से सींचा जाता है!

(दोनों बाहर निकल जाती हैं।)

(विष्कम्भक)

(नींद से उठकर आए हुए शिष्य का प्रवेश)

शिष्य : यात्रा से वापस लौटकर आए महर्षि कण्व ने मुझे समय देखने के लिए कहा है। तो ज़रा बाहर चलकर प्रकाश को देखूँ कि रात्रि कितनी शेष है। (*कुछ दूर चलकर और देखकर*) अरे, यह तो प्रभात हो गया! एक ओर चन्द्रमा अस्ताचल के शिखर पर डूब रहा है। और अरुणिमा को आगे किए सूर्य उदयाचल पर आ रहा है। इन दो प्रकाश-पिण्डों के एक ही समय में डूबने और उदय होने से लोगों को समझ लेना चाहिए कि सुख और दुःख तो एक के पीछे लगे ही रहते हैं। अब चन्द्रमा के छिप जाने पर वही कुमुदिनी, जिसकी शोभा भुलाए नहीं भूलती, वैसी सुन्दर दिखाई नहीं पड़ती। ठीक है, प्रिय के प्रवास में चले जाने पर अबलाओं को विरह का दुःख असह्य हो उठता है।

(बिना परदा गिराए प्रवेश करके)

अनसूया : यद्यपि मैं प्रेम की इन बातों को बहुत तो नहीं समझती, फिर भी उस राजा ने शकुन्तला के साथ बहुत बुरा किया!

शिष्य : चलकर गुरुजी को बतला दूँ कि हवन का समय हो गया है। (*बाहर निकल जाता है।*)

अनसूया : जागकर भी क्या करूँगी? अपने नित्य के कार्यों को करने के लिए भी मेरे हाथ-पैर नहीं हिल रहे हैं। अब कामदेव खूब प्रसन्न हो ले, जिसने मेरी प्यारी सखी का प्रेम ऐसे झूठे राजा से करा दिया! या शायद यह दुर्वासा के कोप का ही परिणाम है। नहीं

तो यह बात कहीं हो सकती थी कि वह राजर्षि ऐसी मधुर-मधुर बातें कहने के बाद इतने समय तक पत्र तक न भेजे। अब यहाँ से उनके स्मरण-चिह्न के रूप में दी गई उनकी अंगूठी को उसके पास भेजें? परन्तु संयमशील तपस्वियों से इस विषय में अनुरोध कैसे किया जाए? पिता कण्व से सखी शकुन्तला के अपराध की बात तो कह सकती हूँ, परन्तु उनसे यह किसी प्रकार नहीं कह सकती कि शकुन्तला का दुष्यन्त से विवाह हो गया है और अब वह गर्भवती है। ऐसी दशा में क्या करूँ? कुछ सूझता नहीं।

(प्रवेश करके)

प्रियंवदा : (*प्रसन्न होकर*) जल्दी चल, अनसूया, जल्दी चल। शकुन्तला की विदाई का आयोजन करना है।

अनसूया : हाँ! पर सखि, यह बात हुई कैसे?

प्रियंवदा : सुन! अभी मैं शकुन्तला के पास यह पूछने गई थी कि उसे रात को नींद तो ठीक आई या नहीं?

अनसूया : फिर क्या हुआ?

प्रियंवदा : वहाँ शकुन्तला लज्जा से मुँह नीचा किए खड़ी थी। पिता कण्व ने उसे छाती से लगाते हुए कहा, 'यजमान की आँखें धुएँ से बेचैन होने पर भी सौभाग्य से आहुति आग में ही पड़ी। बेटी, अच्छे शिष्य को दी गई विद्या की भाँति अब तेरे लिए भी मुझे कोई चिन्ता नहीं है। आज ही तुझे ऋषियों के साथ विदा करके तेरे पति के पास भेजे देता हूँ।

अनसूया : पर पिता कण्व को यह बात बताई किसने?

प्रियंवदा : जब वे यज्ञशाला में प्रविष्ट हुए तो वहाँ कविता में यह भविष्यवाणी हुई

अनसूया : (*चकित होकर*) वह क्या?

प्रियंवदा : **ज्यों शमी में अग्नि रहती गुप्त, मुनि, कल्याणकारी।**
तेज को दुष्यन्त के धारण किए कन्या तुम्हारी॥

अनसूया : (*प्रियंवदा को छाती से लगाकर*) सखि, सुनकर बड़ा आनन्द हुआ। किन्तु शकुन्तला आज ही चली जाएगी, इसका दुःख मुझे इस आनन्द के समय भी हो रहा है।

प्रियंवदा : सखि, हम तो जैसे-तैसे अपने दुःख को बहला लेंगी। वह बेचारी तो किसी तरह किनारे लगे।

अनसूया : ठीक है! तो देख, उस आम की शाखा में लटके हुए नारियल के कसोरे में मैंने आज के दिन लिए ही मौलसिरी की माला रख छोड़ी है। तू ज़रा इसे उतार, मैं भी तब तक शकुन्तला के लिए

तीर्थ-मृत्तिका, दूब के पत्ते तथा अन्य मंगल-सामग्री तैयार करूँ।

प्रियंवदा : ठीक है। जल्दी कर।

(अनसूया बाहर जाती है, प्रियंवदा मौलसिरी की माला उतारने का अभिनय करती है।)

(नेपथ्य में)

गौतमी : शकुन्तला को ले जाने के लिए शार्ङ्गरव आदि को कह दो।

प्रियंवदा : (*ध्यान से सुनकर*) अनसूया, जल्दी कर; जल्दी। उधर हस्तिनापुर जाने वाले ऋषियों की पुकार हो रही है।

(सामग्री हाथ में लिए प्रवेश करके)

अनसूया : आओ सखि, चलें।

(दोनों चलती हैं।)

प्रियंवदा : (*देखकर*) वह देखो, शकुन्तला सवेरे-सवेरे ही स्नान करके बैठी हुई है। उसके पास खड़ी तपस्विनियाँ चावल के दाने लिए स्वस्तिवाचन पढ़ती हुई आशीर्वाद दे रही हैं। चलो, उसके पास ही चलें। (*दोनों शकुन्तला के पास जाती हैं।*)

(ऊपर बताए अनुसार आसन पर बैठी शकुन्तला का प्रवेश)

एक तपस्विनी : (*शकुन्तला को लक्ष्य करके*) बेटी, तुम्हें पति के प्रेम का सूचक महादेवी पद प्राप्त हो!

दूसरी तपस्विनी बेटी, तुम वीर माता बनो!

तीसरी तपस्विनी बेटी, तुम्हें अपने पति से आदर प्राप्त हो!

(आशीर्वाद देकर गौतमी के अतिरिक्त अन्य तपस्विनियाँ बाहर चली जाती हैं।)

सखियाँ : (*पास जाकर*) सखि, तुम्हारा यह स्नान सौभाग्यकारी हो!

शकुन्तला : आओ सखियो! तुम्हारा स्वागत है। यहाँ, इधर बैठो।

सखियाँ : (*मंगल पात्र लेकर पास बैठ जाती हैं।*) री, तैयार हो जा। अब तेरा मंगल श्रृंगार करना है।

शकुन्तला : यह भी बड़ी बात है। अब मुझे अपनी सखियों के हाथ का श्रृंगार भी दुर्लभ हो जाएगा। (*रोने लगती है।*)

सखियाँ : सखि, मंगल के अवसर पर रोना उचित नहीं।

(आँसू पोंछकर उसका श्रृंगार करने का अभिनय करती हैं।)

प्रियंवदा : तुम्हारे इस मनोहर रूप का श्रृंगार तो आभूषणों से होना चाहिए था। आश्रम में जुटाई गई यह श्रृंगार-सामग्री तुम पर कुछ फबी नहीं।

(उपहार लिए हुए दो ऋषिकुमारों का प्रवेश)

ऋषिकुमार : ये आभूषण हैं। इनसे इनका श्रृंगार कीजिए।

(सब देखकर चकित रह जाती हैं।)

गौतमी : बेटा नारद, यह सब कहाँ से मिला?

एक ऋषिकुमार : यह सब गुरुजी का प्रभाव है।

गौतमी : क्या उन्होंने अपने तपोबल से इन्हें मँगाया है?

दूसरा ऋषिकुमार : जी नहीं! सुनिए, गुरुजी ने हमें आदेश दिया था कि शकुन्तला के लिए वनस्पतियों पर से फूल ले आओ। जब हम वहाँ गए तो किसी वृक्ष ने तो चन्द्रमा के समान श्वेत रेशमी मंगल वस्त्र प्रदान किया और किसी ने पैरों को रंगने के लिए उत्तम लाक्षारस उगल दिया। अन्य वृक्षों में से भी वन-देवताओं ने नवपल्लवों के समान अपने हाथ हथेली तक बाहर निकालकर ये आभूषण प्रदान किए।

प्रियंवदा : (*शकुन्तला को देखकर*) री, वनदेवताओं के इस अनुग्रह से तो यही लगता है कि पति के घर जाकर तुम राजलक्ष्मी का उपभोग करोगी।

(शकुन्तला लजा जाती है।)

पहला ऋषिकुमार : गौतम, आओ चलें। गुरुजी स्नान कर चुके होंगे। उन्हें चलकर वनस्पतियों की इस सेवा का वृत्तान्त सुना दें।

दूसरा ऋषिकुमार : चलो!

(दोनों बाहर जाते हैं।)

सखियाँ : हमने आभूषणों का प्रयोग कभी किया नहीं। चित्रों में जैसा देखा है, उसी के अनुसार तुम्हें आभूषण पहनाए देती हैं।

शकुन्तला : तुम्हारी निपुणता को मैं भली-भाँति जानती हूँ।

(दोनों आभूषण पहनाने का अभिनय करती हैं।)

(स्नान करके आए हुए महर्षि कण्व का प्रवेश)

कण्व : आज शकुन्तला जाएगी, इस कारण मेरा हृदय दुःख से भारी हो रहा है; आँसू भर आने के कारण गला रुंध रहा है। चिन्ता के कारण दृष्टि धुंधली पड़ गई है। जब प्रेम के कारण मुझ जैसे वनवासी को इतनी विकलता हो रही है, तो पुत्री के वियोग में गृहस्थियों को तो न जाने कितना कष्ट होता होगा! (*कुछ दूर चलते हैं।*)

सखियाँ : री, शकुन्तला! श्रृंगार पूरा हो गया। अब रेशमी जोड़ा पहन ले।

(शकुन्तला उठकर रेशमी वस्त्र पहनती है।)

गौतमी : बेटी, यह तुम्हारे पिता कण्व आए हैं। आनन्द बहाती हुई दृष्टि से ही मानो ये तुम्हें गले लगा रहे हैं। इन्हें प्रणाम करो।

शकुन्तला : *(लज्जा के साथ)* पिताजी प्रणाम!

कण्व : बेटी, जैसी शर्मिष्ठा ययाति की मनचाही रानी थी, वैसी ही तुम भी बनो और उसी की भाँति तुम्हें भी पुरु के समान सम्राट पुत्र प्राप्त हो।

गौतमी : भगवान् यह तो आशीर्वाद क्या वरदान ही है।

कण्व : बेटी, इधर आओ। इस यज्ञाग्नि की प्रदक्षिणा कर लो।

(सब यज्ञाग्नि की प्रदक्षिणा करते हैं।)

कण्व : *(मन्त्र पढ़ते हैं।)*

अमी वेदिं परितः क्लृप्तधिष्ण्याः समिद्वन्तः प्रान्तसंस्तीर्णदर्भाः।
अपघ्नन्तों दुरितं हव्यगन्धैदैतानास्त्वां पह्नयः पावयन्तु॥

अब प्रस्थान करो। *(बाहर की ओर देखकर)* वे शाङ्गरव आदि कहाँ हैं?

(प्रवेश करके)

शिष्य : भगवन्, हम यह आ गए।

कण्व : अपनी बहिन को मार्ग दिखाओ!

शार्ङ्गरव : इधर आइए, इधर।

(सब चलते हैं।)

कण्व : हे वन देवताओं से अधिष्ठित तपोवन के वृक्षो! जो शकुन्तला तुम्हें पानी दिए बिना स्वयं कभी पानी नहीं पीती थी, शृंगारप्रिय होने पर भी जो प्रेम के कारण कभी तुम्हारे पत्ते नहीं तोड़ती थी, और जब तुम पर पहले-पहल फूल आते थे, तब जो उत्सव मनाया करती थी, वह आज अपने पति के घर जा रही है। आप सब इसे जाने की अनुमति दें।

(कोयल की आवाज़ सुनाई पड़ती है। उसकी ओर ध्यान आकृष्ट करके)

वनवास के साथी वृक्षों ने इस शकुन्तला को जाने की अनुमति दे दी है। तभी उन्होंने मधुर कोयल के द्वारा मेरी बात का उत्तर-सा दिया है।

(आकाश में)

तुम्हारे मार्ग में जगह-जगह कमल की बेलों से हरे-भरे रमणीय सरोवर हों, सूर्यकिरणों के ताप से बचाने वाले घने वृक्षों की छाया हो! तुम्हारे मार्ग की धूल कमल के पराग के समान कोमल हो जाए! पवन शान्त और अनुकूल हो! तुम्हारा मार्ग इस यात्रा के लिए शुभ हो।

(सब आश्चर्य के साथ सुनते हैं।)

गौतमी : बेटी, सगे-सम्बन्धियों के समान प्रेम करने वाली तपोवन की वन-देवियों ने तुम्हें जाने की अनुमति दे दी है। इन्हें नमस्कार कर लो।

शकुन्तला : (*प्रणाम करके आगे चलती हुई चुपके से*) री प्रियंवदा, उनके दर्शन की उत्सुकता तो मुझे अवश्य है, फिर भी इस आश्रम को छोड़कर पैर आगे बढ़ाते हुए मुझे कितना दुखः हो रहा है, यह मैं ही जानती हूँ।

प्रियंवदा : तपोवन से अलग होते हुए केवल तुम्हें ही दुःख हो रहा हो, यह बात नहीं। तुम्हारे इस भावी वियोग के कारण तपोवन की भी तुम्हारी जैसी ही दशा हो रही है। हरिणियाँ दूब के चबाए हुए ग्रास को उगलकर खड़ी हो गई हैं। मोरों ने नाचना छोड़ दिया है और पीले पत्ते गिराती हुई बेलें आँसू-से बहा रही हैं।

शकुन्तला : (*याद करके*) पिताजी, मैं अपनी लता, बहिन वन-ज्योत्स्ना से विदा ले लूँ।

कण्व : जानता हूँ, तेरा उससे सगी बहिन-सा प्रेम है। वह रही उधर, दक्षिण की ओर।

शकुन्तला : (*पास जाकर बेल को छाती से लगाकर*) वन-ज्योत्स्ना, आम से चिपटे-चिपटे ही अपनी इधर-उधर फैली हुई शाखा-बाहुओं से तू मुझे भी आलिंगन कर ले। आज मैं तुझसे दूर चली जाऊँगी।

कण्व : मैंने तेरे लिए जैसा सोच रखा था, तुझे अपने पुण्यों से अपने अनुरूप वैसा ही पति प्राप्त हो गया। यह नवमल्लिका भी इस आम्रवृक्ष से लिपट गई है। अब मुझे न तेरी चिन्ता रही और न इसकी। आओ, इधर रास्ते पर चलें।

शकुन्तला : (*सखियों से*) सखियो, इसे तुम दोनों के हाथ सौंपे जाती हूँ।

सखियाँ : और हमें किसके हाथ सौंपे जा रही हो? (*रोने लगती हैं।*)

कण्व : अनसूया, रोओ नहीं। तुम्हें तो उल्टा शकुन्तला को धैर्य बँधाना चाहिए।

(सब आगे चलते हैं।)

शकुन्तला : पिताजी, कुटिया के पास यह जो गर्भवती हिरनी फिर रही है, जब यह सकुशल बच्चा जने तब इस सुसंवाद को सुनाने के लिए मेरे पास भी किसी न किसी को अवश्य भेजना।

कण्व : अच्छा, यह बात भूलूँगा नहीं।

शकुन्तला : (*चाल में बाधा का अभिनय करके*) यह मेरे कपड़े को कौन खींच रहा है? (*घूमकर देखती है।*)

कण्व : बेटी, यह वही हरिण है, जिसे तुमने अपना पुत्र बना लिया था। कुशा के काँटों से इसके मुख में घाव हो जाने पर तुम उसे ठीक करने के लिए इंगुदी का तेल टपकाया करती थीं। तुमने सामक धान की मुट्ठियाँ खिला-खिलाकर इसे बड़ा किया है। आज वही तुम्हारी राह रोककर खड़ा है।

शकुन्तला : बेटा, मैं तेरा साथ छोड़कर जाने लगी हूँ। अब तू मेरा पीछा क्यों करता है? माँ जन्म देने के कुछ देर बाद ही मर गई थी; फिर भी तू बड़ा हो ही गया। अब भी मेरे पीछे पिताजी तेरी देख-रेख करते रहेंगे। जा, लौट जा। (*रोती हुई आगे चल पड़ती है।*)

कण्व : बेटी धीरज धरो। आँसुओं को पोंछ डालो। इनके कारण पलकें खुली होने पर भी दृष्टि काम नहीं करती। यहाँ भूमि ऊबड़-खाबड़ है। तुम बिना देखे चल रही हो, इसी से तुम्हें रह-रहकर ठोकरें लग रही हैं।

शार्ङ्गरव : भगवन, पहले पानी तक प्रिय व्यक्ति के साथ जाना चाहिए, ऐसी प्रथा है। यह सरोवर का तट आ गया। यहाँ जो कुछ सन्देश देना हो, वह देकर अब आप वापस लौट जाएँ।

कण्व : तो चलो, थोड़ी देर इस पीपल की छाया में बैठकर विश्राम कर लें।

(सब थोड़ी दूर चलकर बैठ जाते हैं।)

शकुन्तला : (*चुपके से*) री, उस चकवी का साथी चकवा कमल के पत्ते के पीछे छिप गया है। उसे देख न पाने के कारण यह चकवी कितनी अधीर होकर चिल्ला रही है। जिस काम पर मैं चली हूँ, वह भी पूरा होता दिखाई नहीं पड़ता।

अनसूया : सखि, ऐसी बात मुँह से मत निकाल। यह बेचारी चकवी भी अपने प्रिय-विरह में विषाद के कारण और भी लम्बी जान पड़ने वाली रात को जैसे-तैसे बिता ही लेती है। विरह का दुःख चाहे कितना ही अधिक क्यों न हो, किन्तु आशा उसे सह्य बना देती है।

कण्व : शार्ङ्गरव, मेरी ओर से तुम महाराज दुष्यन्त से शकुन्तला को सामने करके यह कहना :

शार्ङ्गरव : कहिए।

कण्व : कहना कि हम लोग तपस्वी हैं और तुम्हारा कुल बहुत ऊँचा है। इस शकुन्तला के प्रति तुम्हारे मन में स्वयं ही प्रेम उत्पन्न हुआ था। इष्ट बन्धुओं ने यत्नपूर्वक सम्बन्ध नहीं कराया। इन सब बातों को ध्यान में रखते हुए तुम इसे कम से कम अपनी अन्य

रानियों के समान आदर अवश्य देना। इससे आगे जो भी हो, वह भाग्य की बात है। उसके विषय में वधू के सम्बन्धियों का कुछ भी कहना उचित नहीं।

शार्ङ्गरव : ठीक है। मैंने सन्देश समझ लिया।

कण्व : बेटी, अब तुम्हें भी कुछ समझना है। भले ही हम वन में रहते हैं, फिर भी लोक-व्यवहार को भली-भाँति जानते हैं।

शार्ङ्गरव : ऐसी क्या बात है, जो विद्वान् लोगों को मालूम न हो।

कण्व : बेटी, तुम यहाँ से अपने पति के घर जाकर बड़े-बूढ़ों की सेवा, सौतों के साथ प्यारी सहेलियों का-सा बर्ताव करना। यदि पति कुछ बुरा-भला भी कहे तो क्रोध में आकर उससे लड़ मत पड़ना। सेवकों के साथ दया और उदारता का व्यवहार करना। अपने सौभाग्य पर कभी बहुत घमण्ड न करना। इस प्रकार का विनीत आचरण करने वाली युवतियाँ पति के घर जाकर गृहिणी बनती हैं और जो इससे उल्टा चलती हैं, वे घर को उजाड़कर ही रहती हैं। क्यों गौतमी, तुम क्या कहती हो?

गौतमी : बहुओं को तो इतना ही उपदेश दिया जाता है। बेटी, इन वाक्यों को भली-भाँति गाँठ बाँध लो।

कण्व : आओ बेटी, मुझसे और अपनी सखियों से गले मिल लो।

शकुन्तला : पिताजी, क्या प्रियंवदा और अनसूया यहीं से वापस लौट जाएँगी?

कण्व : बेटी, इनका भी तो विवाह होना है। इनका वहाँ जाना उचित नहीं है। तुम्हारे साथ गौतमी जाएगी।

शकुन्तला : (*पिता की छाती से लगकर*) हाय, अब मैं आपकी गोदी से अलग होकर मलय पर्वत से उखड़ी चन्दन-लता की भाँति प्रदेश में कैसे जीवित रहूँगी?

कण्व : बेटी, इतनी अधीर क्यों होती हो? जब तुम अपने पति के भरे-पूरे उत्तम घर में जाकर गृहिणी बनोगी; प्रतिक्षण सम्पन्न घर के काम-धन्धों में फँसी रहोगी और जैसे पूर्व दिशा सूर्य को जन्म देती है, उसी प्रकार पवित्र पुत्र को जन्म दोगी, तब तुम्हें मेरे विरह का यह शोक अनुभव भी न होगा।

(शकुन्तला पिता के पैर छूती है।)

कण्व : जो कुछ मैं तेरे लिए चाहता हूँ, वही तेरा हो!

शकुन्तला : (*सखियों के पास जाकर*) तुम दोनों मुझसे एकसाथ ही गले मिल लो।

सखियाँ : *(वैसा ही करती हैं)* सखि, यदि वह राजा तुम्हें पहचानने में विलम्ब करे, तो उसको उसके नाम वाली अंगूठी दिखा देना।

शकुन्तला : तुम्हारे इस सन्देह से तो मेरा दिल बैठ-सा रहा है।

सखियाँ : डर मत, प्रेम के कारण मन में बुरी आशंकाएँ उठा ही करती हैं।

शार्ङ्गरव : सूर्य चार हाथ बढ़ गया है। अब आप जल्दी कीजिए।

शकुन्तला : (*आश्रम की ओर मुँह करके*) पिताजी, अब मैं इस तपोवन के दर्शन फिर कब कर पाऊँगी?

कण्व : जब तुम चिरकाल तक पृथ्वी की सौत बनकर दुष्यन्त के यहाँ रह लोगी और उसके बाद अपने पुत्र को एक छत्र सिंहासन पर बिठा चुकोगी, तब कुटुम्ब का भार उसे सौंपकर अपने पति के साथ फिर इस शान्त तपोवन में प्रविष्ट होओगी।

गौतमी : बेटी, चलने का समय बीता जा रहा है, पिताजी को लौटने दे। या इसकी तो बातें कभी समाप्त ही न होंगी; अब आप वापस लौट जाएँ।

कण्व : बेटी, अब तप के कार्यों में विलम्ब हो रहा है।

शकुन्तला : (*फिर पिता के गले मिलकर*) आपका शरीर पहले ही तपस्या के कारण कृश है। मेरी चिन्ता करके आप बहुत दुःखी न हों।

कण्व : (*गहरी श्वास छोड़कर*) बेटी, तुमने मेरी कुटिया के द्वार पर जो धान बोए थे, जब तक वे आँखों के सामने रहेंगे, तब तक मेरा शोक किस प्रकार शांत हो सकेगा! जाओ, तुम्हारा मार्ग शुभ हो!

(शकुन्तला और उसके साथ जाने वाले लोग बाहर जाते हैं।)

सखियाँ : (*शकुन्तला को देखकर*) हाय, शकुन्तला वन के पेड़ों की ओट में ओझल हो गई।

कण्व : (*गहरी साँस छोड़कर*) अनसूया, तुम्हारी सखी चली गई। अब रोओ मत। आओ, मेरे साथ तपोवन चलो।

सखियाँ : पिताजी, शकुन्तला के बिना तपोवन सुनसान-सा मालूम हो रहा है। अब उसमें कैसे जाया जाएगा।

कण्व : प्रेम के कारण ऐसा ही अनुभव होता है। (*विचार में मग्न आगे चलते हुए*) चलो अब शकुन्तला को पति के घर विदा करके कुछ तो निश्चिन्तता हुई! आखिर, कन्या पराया धन है। आज उसे उसके पति के घर भेजकर मेरा मन ऐसा निश्चिन्त हो गया है, मानो किसी की बहुमूल्य धरोहर वापस लौटा दी हो।

(सब बाहर निकल जाते हैं।)

पंचम अंक

(आसन पर बैठे हुए राजा और विदूषक का प्रवेश)

विदूषक : (*ध्यान से सुनकर*) मित्र, ज़रा संगीतशाला की ओर तो ध्यान दो कैसी मधुर, सरस गीत की आवाज़ आ रही है। मुझे लगता है कि महारानी हंसपदिका तान छेड़ रही हैं।

राजा : ज़रा चुप रहो, सुनने दो।

(आकाश में गीत सुनाई पड़ता है।)

तुम्हें नित नई कली से प्यार! रे भौंरे!
खिली आम की नई मंजरी सुरभि अपार!
इतने से बस तृप्त हुआ मन उड़ गए पंख पसार!
खिले कमल में किया बसेरा बौर की सुध दी बिसार!
रीझ गए, दो पल मंडराए चूम गए इक बार!
छोड़ा उपवन, पहुँचे सरवर, जिसमें कमल हज़ार!

राजा : कितना मधुर गीत है!

विदूषक : अजी गीत को जाने दीजिए; कुछ बात का मतलब भी समझ में आया?

राजा : (*मुस्कराकर*) मैंने रानी हंसपदिका से एक ही बार प्रेम किया है इस गीत में रानी वसुमती से प्रेम करने के कारण मुझे उलाहना दिया गया है। मित्र माधव्य, जाकर मेरी ओर से रानी हंसपदिका से कहो कि उन्होंने मुझे अच्छा उलाहना दिया है।

विदूषक : जो आपकी आज्ञा। (*उठकर*) मित्र जब वह मुझे दासियों से पकड़वाकर सिर पर चपत लगाने लगेंगी, तब अप्सरा के हाथ में पड़े हुए तपस्वी की भाँति मेरा छूटना भी कठिन ही हो जाएगा।

राजा : तुम जाओ तो, निपुणता से यह बात उसे कह देना।

विदूषक : और उपाय भी क्या है? (*बाहर जाता है।*)

राजा : (*मन ही मन*) यह हुआ क्या? इस समय मैं किसी प्रिय व्यक्ति के विरह में दुःखी नहीं हूँ; फिर भी इस गीत को सुनकर न जाने क्यों मेरा मन उदास हो गया है। या शायद जब कोई सुखी व्यक्ति भी रमणीय दृश्यों को देखकर और मधुर शब्दों को सुनकर उदास हो उठता है, तो उसे अनजाने में अपने मन में जमे हुए पूर्व जन्म के प्रेम की याद आ रही होती है।

(बेचैन-सा बैठा रहता है।)

(कंचुकी का प्रवेश)

कंचुकी : ओफ्ओह, अब मेरी यह दशा हो गई! मैंने राजा के अन्तःपुर में आकर जो बेंत अकड़ के साथ शान जताने के लिए ली थी, अब बहुत-सा समय बीत जाने के बाद वही बेंत लड़खड़ाकर चलते समय मेरे लिए सहारे की वस्तु बन गई है। यह ठीक है कि महाराज को राज्य का सब कार्य करना ही चाहिए; फिर भी अभी तो वे न्यायासन से उठकर अन्दर महल में गए हैं। अब कण्व के शिष्यों के आगमन का समाचार सुनाकर उनके विश्राम में विघ्न डालने का मेरा मन नहीं हो रहा। या फिर प्रजा पर शासन का यह काम ही ऐसा है, जिसमें विश्राम मिल ही नहीं सकता। सूर्य ने जो एक बार रथ में अपने घोड़े जोते हैं तो वे जुते ही हुए हैं। इसी प्रकार वायु रात-दिन चलता ही रहता है। शेषनाग सदा पृथ्वी के भार को उठाए ही रहता है। राजा का कार्य भी इसी प्रकार विश्रामशून्य है। अच्छा, चलता हूँ। अपना कर्तव्य तो पूरा कर दूं। (*कुछ दूर चलकर और आगे देखकर*) ये महाराज सब प्रजा को अपने-अपने काम में लगाकर इस समय शान्त मन से एकान्त में विश्राम कर रहे हैं, जैसे धूप में घूमने-फिरने से व्याकुल हुआ गजराज गजसमूह को वन में चरने के लिए छोड़कर दिन में किसी शीतल स्थान में विश्राम कर रहा हो। (*पास जाकर*) महाराज की जय हो! हिमालय की तराई के वनों में रहने वाले कुछ तपस्वी स्त्रियों के साथ महर्षि कण्व का सन्देश लेकर आए हैं। अब आप जो आज्ञा दें, वह किया जाए।

राजा : (*आदर के साथ*) क्या कण्व के पास से आए हैं?

कंचुकी : जी हाँ।

राजा : तो मेरी ओर से जाकर उपाध्याय सोमरात से कहो कि इन आश्रमवासियों का शास्त्रीय विधि से सत्कार करके स्वयं स्वागत करें। मैं भी यज्ञशाला में जाकर इनकी प्रतीक्षा करता हूँ।

कंचुकी : जो महाराज की आज्ञा। (*बाहर जाता है।*)

राजा : (*उठकर*) वेत्रवती! यज्ञशाला चलो।

प्रतिहारी : आइए, इधर चलिए महाराज!

राजा : (*चलता है। राज्याधिकार का कष्ट जताते हुए*) सब प्राणी अपनी अभीष्ट वस्तु को पाकर सुखी हो जाते हैं। परन्तु राजाओं की इच्छा पूरी होने पर भी दुःख ही देती है। राजा बनने की प्रतिष्ठा प्राप्त करने की मनुष्य को उत्सुकता तो बहुत होती है, किन्तु प्राप्त हुए राज्य का पालन करने में क्लेश ही होता है। राज्य तो अपने हाथ में उठाए हुए छत्र के समान है, जिसे उठाने में परिश्रम तो अधिक होता है और धूप से बचाव कम।

(नेपथ्य में)

दो वैतालिक : महाराज की जय हो!

पहला वैतालिक : महाराज, आप सुख का ध्यान न रखते हुए सदा कष्ट उठाते रहते हैं। या फिर आपका काम ही ऐसा है। यद्यपि वृक्ष अपने सिर पर तेज़ गर्म धूप को झेलते हैं, परन्तु अपनी छाया के आश्रय में बैठे हुए लोगों को शीतलता ही प्रदान करते हैं।

दूसरा वैतालिक : महाराज, आप कुपथ पर चलने वालों को दण्ड द्वारा नियम में रखते हैं। आप विवादों को शान्त कराते हैं और प्रजा की रक्षा करते हैं। सम्पत्तिशाली लोगों के सगे-सम्बन्धी बहुत होते हैं, परन्तु सामान्य प्रजा के तो एकमात्र बन्धु आप ही हैं।

राजा : इनकी बातें सुनकर मेरा उदास मन फिर ताज़ा हो गया। (*आगे चलता है।*)

प्रतिहारी : महाराज, यह यज्ञशाला है। अभी-अभी साफ की गई है, इसलिए चमचमा-सी रही है। उस ओर यज्ञ की गौ बंधी हुई है। (*सीढ़ियों की ओर संकेत करके*) इस पर चढ़िए महाराज!

राजा : (*चढ़कर सेवक के कन्धे का सहारा लेकर खड़ा रहता है*) वेत्रवती, मेरे पास इन ऋषियों को भेजने में महात्मा कण्व का क्या उद्देश्य हो सकता है? क्या वहाँ दुष्ट राक्षसों ने व्रती तपस्वियों के तप

में तो बाधा नहीं डाली? या तपोवन में रहने वाले प्राणियों को किसी ने सताना तो शुरू नहीं किया? या कहीं मेरे किसी दुष्कर्म के कारण पेड़-पौधों का फूलना-फलना तो नहीं रुक गया? तरह-तरह के तर्क-वितर्क और सन्देहों के कारण मेरा मन बहुत ही बेचैन हो रहा है।

प्रतिहारी : मेरा तो यह विचार है कि ये ऋषि आपके सच्चरित्र की प्रशंसा करके आपको बधाई देने आए हैं।

(*शकुन्तला को आगे किए गौतमी-समेत ऋषियों का प्रवेश। आगे-आगे कंचुकी और पुरोहित हैं।*)

कंचुकी : इधर आइए, इधर।

शार्ङ्गरव : शारद्वत, यह ठीक है कि राजा दुष्यन्त बड़े ही धर्मात्मा और सदाचारी हैं; यह भी ठीक है कि इनके राज्य में नीच वर्ण के व्यक्ति भी कुमार्गगामी नहीं हैं। फिर भी निरन्तर एकान्त में रहने का अभ्यास होने के कारण मुझे तो भीड़-भाड़ से भरा हुआ यह नगर ऐसा लग रहा है, जैसे आग से जलता हुआ मकान हो।

शारद्वत : नगर में आने पर आपको ऐसा लगता है तो ठीक ही लगता है। मुझे भी यहाँ के सुख में मग्न रहने वाले लोगों को देखकर वैसा ही अनुभव हो रहा है जैसे कोई नहाया हुआ व्यक्ति किसी तेल मले हुए व्यक्ति को देखे; या कोई पवित्र व्यक्ति किसी अपवित्र को; या कोई जागा हुआ व्यक्ति किसी सोये हुए को; या कोई स्वच्छन्द घूमने-फिरने वाला व्यक्ति किसी बँधे हुए व्यक्ति को देखे।

शकुन्तला : (*अपशकुन जताकर*) यह क्या! मेरी दाईं आँख फड़क रही है।

गौतमी : बेटी, भगवान् भला करे। तेरे पतिकुल के देवता तुझे सुखी करें। (*आगे चलती है।*)

पुरोहित : (*राजा की ओर संकेत करके*) तपस्वी महानुभावो, यह वर्णाश्रमों के रक्षक महाराज दुष्यन्त पहले से ही आसन त्यागकर आपकी प्रतीक्षा कर रहे हैं। वह देखिए।

शार्ङ्गरव : पुरोहित जी, भले ही यह बात प्रशंसनीय हो, फिर भी हमें इसमें कुछ नवीनता नहीं लगती। क्योंकि फल आने पर वृक्ष स्वयं झुक जाते हैं। जल से भर जाने पर ऊँचे बादल नीचे झुक जाते हैं। सत्पुरुष ऐश्वर्य पाकर विनयशील हो जाते हैं। यह तो परोपकारी लोगों का स्वभाव ही होता है।

प्रतिहारी : महाराज, ऋषि लोग रूप-रंग से प्रसन्न दिखाई पड़ते हैं। लगता है कि इनका कार्य कुछ चिन्ताजनक नहीं।

राजा : (*शकुन्तला को देखकर*) वह इनके बीच में घूँघट निकाले हुए युवती कौन है? उसके सौन्दर्य की ज़रा-सी झलक-भर ही दिखाई पड़ रही है। वह इन तपस्वियों के बीच में ऐसी लग रही है, मानो पीले पत्तों में कोई नई कोंपल हो।

प्रतिहारी : महाराज, कुतूहल तो मुझे भी है, किन्तु समझ कुछ भी नहीं आ रहा। परन्तु लगता ऐसा है कि इसका मुख अवश्य ही बहुत सुन्दर होगा।

राजा : चलो जाने दो। पराई स्त्री की ओर देखना ठीक नहीं।

शकुन्तला : (*छाती पर हाथ रखकर मन ही मन*) हृदय, इस प्रकार काँपते क्यों हो? उनके मनोभाव को देखकर कुछ तो धीरज धरो।

पुरोहित : (*आगे बढ़कर*) इन तपस्वियों का यथाविधि सत्कार मैं कर चुका हूँ। इनके उपाध्याय ने कुछ सन्देश भेजा है। उसे आप सुन लीजिए।

राजा : मैं सुन रहा हूँ।

ऋषि लोग : महाराज, आपकी जय हो!

राजा : आप सबको प्रणाम!

ऋषि लोग : आपकी मनोकामनाएँ पूर्ण हों!

राजा : मुनियों का तप तो निर्विघ्न चल रहा है न?

ऋषि लोग : जब तक सज्जनों की रक्षा के लिए आप विद्यमान हैं, तब तक धर्म-कर्मों में विघ्न कैसे पड़ सकता है! सूर्य आकाश में चमकता हो तो अँधेरा छाए कैसे!

राजा : तब तो मेरा राजा होना सार्थक हुआ। अच्छा, लोक-हितकारी महात्मा कण्व तो कुशल से हैं?

ऋषि लोग : महात्मा लोगों की कुशलता तो अपने ही बस में होती है। उन्होंने आपका कुशल-मंगल पूछा है और यह कहने को कहा है...

राजा : क्या आदेश दिया है?

शार्ङ्गरव : कहा है कि आपने जो पारस्परिक सहमति से मेरी कन्या से विवाह कर लिया है, उसकी मैं आप दोनों को प्रेमपूर्वक अनुमति देता हूँ। क्योंकि एक ओर तो आप हमारे श्रेष्ठ पुरुषों में अग्रगण्य हैं और दूसरी ओर शकुन्तला भी धर्म-कर्म की अवतार है। आपकी यह वर-वधू की जोड़ी रूप और गुण में एक जैसी है। बहुत समय

बाद विधाता ने ऐसी जोड़ी रची, जिसमें कोई मीन-मेख निकाली ही नहीं जा सकती। अब आप अपनी गर्भवती धर्मपत्नी को गृहस्थ धर्म के पालन के लिए ग्रहण कीजिए।

गौतमी : आर्य, मैं भी कुछ कहना चाहती हूँ। वैसे तो मेरे कहने का कुछ अवसर नहीं है, क्योंकि न तो इसने ही अपने गुरुजनों की कुछ परवाह की और न तुमने ही इष्ट-बन्धुओं से कुछ पूछा। जब तुम दोनों ने आपस में ही सब कुछ कर लिया है तब तुममें से किसी भी एक को क्या कहूँ, और क्या न कहूँ।

शकुन्तला : (*मन ही मन*) अब वह क्या कहते हैं?

राजा : ऐ, यह क्या बखेड़ा है?

शकुन्तला : (*मन ही मन*) इनके शब्द क्या हैं, शोले हैं!

शार्ङ्गरव : यह क्या? आप तो हम लोगों की अपेक्षा लोक-व्यवहार में कहीं अधिक कुशल हैं। विवाहिता स्त्री चाहे कितनी ही सती क्यों न हो, पर यदि वह अपने पिता ही के घर रहे तो लोग तरह-तरह की बातें करते हैं। इसलिए स्त्री के सगे-सम्बन्धी तो यही चाहते हैं कि वह चाहे अपने पति को अच्छी लगे या बुरी किन्तु वह रहे अपने पति के घर ही।

राजा : तो क्या इनका मुझसे विवाह हो चुका है?

शकुन्तला : (*विषाद के साथ मन ही मन*) हृदय! जिसका तुम्हें भय था, वही होकर रहा।

शार्ङ्गरव : आपको अपने किए हुए गान्धर्व विवाह पर पश्चाताप हो रहा है, आप अपने कर्तव्य-पालन से विमुख हो जाना चाहते हैं, या हमें दरिद्र समझकर आप हमारा तिरस्कार कर रहे हैं?

राजा : इन सब बातों का मतलब क्या है?

शार्ङ्गरव : प्रायः धन के घमण्ड में चूर लोगों में ये बुराइयाँ आ ही जाती हैं।

राजा : यह तो आपने अच्छा लांछन लगाया!

गौतमी : बेटी, ज़रा देर को लज्जा त्याग दो। मैं तुम्हारा घूँघट हटाती हूँ, जिससे तुम्हारे स्वामी तुम्हें पहचान लें। (*घूँघट हटाती है।*)

राजा : (*शकुन्तला को देखकर मन ही मन*) यह इतना मनोहारी सौन्दर्य इस प्रकार आ उपस्थित हुआ है। परन्तु मैं इस समय यह निश्चय नहीं कर पा रहा कि मैंने इससे पहले विवाह किया था या नहीं। इसीलिए जैसे प्रभात में भ्रमर तुषार से ढके कुन्द के फूल का

न तो रस ले पाता है और न उसे छोड़कर दूर ही जा पाता है, उसी प्रकार मैं भी न तो सुन्दरी का उपभोग ही कर सकता हूँ और न इसे एकाएक त्याग ही सकता हूँ।

(विचार-मग्न बैठा रहता है।)

प्रतिहारी : (*मन ही मन*) अहा, हमारे महाराज सचमुच ही बड़े धर्मात्मा हैं, नहीं तो इतनी सरलता से प्राप्त हुए ऐसे मनोहर रूप को देखकर कौन इतना विचार करता है!

शार्ङ्गरव : महाराज, इस तरह मुँह सीकर क्यों बैठ गए?

राजा : ऋषियो, मैंने बहुत सोचा। पर मुझे याद नहीं आता कि मैंने कभी इनका पाणिग्रहण किया हो। लक्षणों से स्पष्ट है कि यह गर्भवती हैं। ऐसी दशा में मैं इन्हें पत्नी-रूप में कैसे ग्रहण कर लूँ?

शकुन्तला : (*आड़ करके*) इन्हें तो विवाह के विषय में ही सन्देह है, और यहाँ मैंने आशाओं के कैसे-कैसे ऊँचे महल बनाए थे!

शार्ङ्गरव : राजन्, तुमने तो महर्षि कण्व की कन्या का बलपूर्वक स्पर्श किया और उन्होंने इस पर भी प्रसन्नतापूर्वक तुम्हें उस कन्या से विवाह की अनुमति दे दी। ऐसे उदारचेता मुनि का अपमान न करो। तुमने तो चोर की तरह उनका धन चुराया और उन्होंने पकड़ पाने पर भी तुम्हें सत्पात्र समझकर अपना धन तुम्हें ही सौंप दिया।

शारद्वत : शार्ङ्गरव, अब तुम चुप हो जाओ। शकुन्तला, हमने जो कुछ कहना था, कह दिया। यह राजा जो कुछ कहते हैं, वह तुमने सुन लिया है। अब इन्हें तुम्हीं विश्वास दिलाओ।

शकुन्तला : (*आड़ करके*) जब स्थिति यहाँ तक पहुँच चुकी है, तो अब उस प्यार की याद दिलाने से भी क्या लाभ? अब तो मुझे केवल अपने भाग्य को रोना-भर ही शेष है। (*प्रकट रूप से*) आर्यपुत्र! (*बीच में ही रुककर स्वगत*) पर नहीं, जब इनके मन में ही सन्देह उत्पन्न हो गया है, तब यह सम्बोधन उचित नहीं। (*प्रकाश में*) पौरव, आपको यह शोभा नहीं देता कि पहले तो आपने आश्रम में भोली-भाली मुझको शपथपूर्वक मधुर-मधुर बातें कहकर फुसलाया और अब इस प्रकार मेरा तिरस्कार कर रहे हैं।

राजा : (*कानों को हाथों से ढकता हुआ*) राम-राम! यह क्या कहती हो? तुम अपने कुल को कलंकित करने और मुझे धर्म से पतित करने पर उसी तरह से तुली हुई हो जैसे किनारे को तोड़कर बहने वाली

नदी तट के वृक्ष को तो गिराती ही है; साथ ही अपने निर्मल जल को भी मैला कर देती है।

शकुन्तला : अच्छा, यदि तुम्हें सचमुच ही मेरे विषय में पराई स्त्री होने का सन्देह है और इसलिए तुम इस प्रकार की बातें करने लगे हो, मैं तुम्हारा स्मरण-चिह्न दिखाकर तुम्हारे सन्देह को मिटाए देती हूँ।

राजा : यह बात हमने मानी।

शकुन्तला : (*अंगुली में अंगूठी के स्थान को टटोलकर*) हाय-हाय! यह क्या हुआ! मेरी अंगुली में से अंगूठी कहाँ गई?

(विषाद के साथ गौतमी की ओर देखने लगती है।)

गौतमी : तू शक्रावतार में शचीतीर्थ के जल को नमस्कार करने गई थी; वह अंगूठी अवश्य वहीं गिरी है।

राजा : इसीलिए तो कहते हैं कि स्त्रियों में तुरन्त सूझ बहुत होती है।

शकुन्तला : इसमें तो भाग्य ही विपरीत हो गया। अच्छा, आपको एक और बात सुनाती हूँ।

राजा : अच्छा, अब सुनाने की बात शुरू हुई!

शकुन्तला : एक दिन नवमल्लिका के कुंज में आपके हाथ में पानी से भरा हुआ कमल के पत्ते का दोना था।

राजा : कहे चलिए; मैं सुन रहा हूँ।

शकुन्तला : उसी समय वह दीर्घापांग नाम का हरिण का बच्चा आ पहुँचा, जिसे मैंने पुत्र बनाया हुआ था। आपने दया करते हुए कहा कि 'अच्छा, पहले यही पानी पी ले' और आप उसे पास बुलाने लगे। परन्तु अपरिचित होने के कारण वह आपके पास नहीं आया। उसके बाद उसी पानी को जब मैंने हाथ में लेकर उसे पिलाया तो वह झट पी गया। तब आपने हँसकर कहा था, 'सब लोग अपने सजातियों का ही विश्वास करते हैं। तुम दोनों ही बनवासी हो न!'

राजा : अपना उल्लू सीधा करने वाली स्त्रियों की इस प्रकार की झूठी मीठी-मीठी बातों से कामी लोग ही आकृष्ट हुआ करते हैं।

गौतमी : भगवन, ऐसी बात मुँह से न निकालो। यह बेचारी तपोवन में ही पलकर बड़ी हुई है। इस बेचारी को छल-छन्द का क्या पता!

राजा : तपस्विनी जी, स्त्रियाँ तो बिना सिखाए ही स्वभाव से धूर्त होती हैं। पशु-पक्षियों तक में यह बात दिखाई पड़ती है, फिर बुद्धिमती स्त्रियों का तो कहना ही क्या! कोयलों के बच्चे जब तक आकाश

में उड़ने योग्य नहीं हो जाते, तब तक वे उनका पालन दूसरे पक्षियों से कराती हैं।

शकुन्तला : (*क्रुद्ध होकर*) नीच, तुम सबको अपने जैसा ही समझते हो? धर्म का आवरण ओढ़कर घास-फूस से ढके हुए कुएं के समान औरों को पतित करने का काम तुम्हारे सिवाय कौन कर सकता है।

राजा : (*मन ही मन*) इसका क्रोध तो बनावटी नहीं लगता। इससे मेरे मन में सन्देह उत्पन्न होने लगा है। क्योंकि एकान्त में हुए प्रेम के वृत्तान्त को मेरे स्मरण न कर पाने पर क्रोध के कारण इसकी दोनों आँखें खूब लाल हो उठी हैं और दोनों भौंहें इस प्रकार टेढ़ी हो गई हैं, मानो गुस्से में आकर कामदेव ने धनुष के दो टुकड़े कर दिए हों। (*प्रकट रूप से*) भद्रे, दुष्यन्त के चरित्र को संसार जानता है। फिर भी तुमसे मेरा विवाह हुआ है, यह मुझे याद नहीं आता।

शकुन्तला : इसने मुझे अच्छी कुलटा बना दिया! हाय, मैं पुरुवंश का विश्वास करके ऐसे के हाथ क्यों पड़ गई, जिसके मुँह में मधु और हृदय में विष भरा हुआ है।

(वस्त्र के छोर से मुँह ढककर रोने लगती है।)

शार्ङ्गरव : गुरुजनों से बिना पूछे इस प्रकार की अविवेकपूर्ण चंचलता के कारण ऐसा ही कष्ट भुगतना पड़ता है। इसीलिए एकान्त में प्रेम बहुत सोच-समझकर करना चाहिए, क्योंकि अपरिचित व्यक्तियों में ऐसा प्रेम अन्त में वैर ही बनकर रहता है।

राजा : यह भी कोई बात है कि आप लोग इन पर विश्वास करके सारा दोष मुझ पर ही डाले दे रहे हैं।

शार्ङ्गरव : (*क्रुद्ध होकर*) सुनी आपने उलटी बात? जिसने जन्म से लेकर आज तक छल करना सीखा नहीं, उसकी बात तो झूठी मानी जाए और जो लोग दूसरों को धोखा देने को विद्या समझकर अभ्यास करते हैं, उनकी बात विश्वसनीय मान ली जाए।

राजा : अच्छा सत्यवादी, तुम्हारी ही बात मानी। पर यह तो बताओ कि इसे ठगने से हमें क्या मिल जाएगा?

शार्ङ्गरव : पाप और क्या?

राजा : पौरव पाप करना चाहते हैं, इसे कोई नहीं मान सकता।

शारद्वत : शार्ङ्गरव, वाद-विवाद से क्या लाभ? हमने गुरुजी की आज्ञा का पालन कर दिया। अब चलो, वापस चलें। (*राजा की ओर अभिमुख होकर*)

यह आपकी पत्नी है; चाहे इसे स्वीकार कीजिए, चाहे त्याग दीजिए। स्त्रियों पर पति को सब प्रकार का अधिकार होता है। गौतमी, चलिए।

(कहकर चल पड़ते हैं।)

शकुन्तला : इस धूर्त ने तो मुझे ठगा ही है; अब तुम भी मुझे छोड़ जाते हो! (*उनके पीछे-पीछे चलने लगती है।*)

गौतमी : (*रुककर*) बेटा शार्ङ्गरव, यह सकरुण विलाप करती हुई शकुन्तला हमारे पीछे-पीछे चली आ रही है। पति ने तो पत्थर बनकर इसको त्याग दिया। अब मेरी बिटिया करे भी क्या?

शार्ङ्गरव : (*गुस्से में मुड़कर*) दुष्टे, अब क्या तू स्वाधीन हुआ चाहती है?

(शकुन्तला डरकर काँपने लगती है।)

शार्ङ्गरव : शकुन्तला, यदि राजा जो कुछ कहते हैं, वह सच है तो तुझ कुलकलंकिनी का पिता के यहाँ क्या काम? और यदि तू अपने-आपको पतिव्रता समझती है तो तेरा पति के घर दासी बनकर रहना भी भला! तू यहीं रह, हम जाते हैं।

राजा : तपस्वी, इस बेचारी को क्यों धोखा देते हो! चन्द्रमा कुमुदों को ही खिलाता है और सूर्य केवल कमलों को। जितेन्द्रिय लोग पराई स्त्री की ओर आँख उठाकर भी नहीं देखते।

शार्ङ्गरव : जब आप अपने अन्तःपुर में आकर पुरानी बातों को भूल ही गए तो आपको अधर्म का क्या डर?

राजा : (*पुरोहित से*) अच्छा, मैं आपसे ही उचित-अनुचित की बात पूछता हूँ। या तो मेरी स्मरणशक्ति धोखा दे रही है या फिर यह झूठ बोल रही है। अब यह सन्देह उत्पन्न होने पर मुझे स्त्री-त्याग का दोष सिर पर लेना उचित है, अथवा पराई स्त्री को ग्रहण करने का पाप करना?

पुरोहित : (*सोच-विचारकर*) अच्छा तो ऐसा कीजिए।

राजा : आज्ञा दीजिए।

पुरोहित : पुत्र का प्रसव होने तक यह हमारे घर में रहे। आप पूछेंगे, क्यों? तो सुनिए, आपको साधुओं ने बताया हुआ है कि आपका पहला पुत्र ही चक्रवती राजा होगा। यदि इस मुनि-कन्या के पुत्र में चक्रवर्ती के लक्षण हों, तो आप इनका अभिनन्दन करके इन्हें अपने अन्तःपुर में रख लें और यदि ऐसा न हो तो फिर इन्हें इनके पिता के पास वापस भेज दीजिये।

राजा : जो आप लोगों को ठीक लगे, मुझे स्वीकार है।

पुरोहित : बेटी, मेरे साथ आओ।

शकुन्तला : माँ वसुन्धरा, तुम फट जाओ और मुझे अपनी गोदी में स्थान दो। (*रोती हुई चल पड़ती है और पुरोहित तथा तपस्वियों के साथ बाहर निकल जाती है।*)

(शाप के कारण राजा शकुन्तला को याद नहीं कर पाते, फिर भी उसी के बारे में सोचते रहते हैं।)

(नेपथ्य में)

गज़ब हो गया, गज़ब हो गया!

राजा : (*सुनकर*) ऐसी क्या बात हुई?

(प्रवेश करके)

पुरोहित : (*आश्चर्य के साथ*) महाराज, बड़ी विचित्र बात हुई!

राजा : क्या हुआ?

पुरोहित : महाराज, जब कण्व के शिष्य वापस लौट गए, तब वह युवती अपने भाग्य को कोसती हुई बाँहें पसारकर रोने लगी।

राजा : फिर क्या हुआ?

पुरोहित : तभी स्त्री का रूप धारण किए एक ज्योति आकाश से उतरी और उसे लेकर अप्सरा तीर्थ की ओर चली गई।

(सब विस्मय दिखाते हैं।)

राजा : भगवन, हमने तो पहले ही उसका परित्याग कर दिया था। अब उसके विषय में व्यर्थ क्या सोच-विचार करना! अब आप जाइए और विश्राम कीजिए।

पुरोहित : (*राजा की ओर देखकर*) आपकी जय हो! (*कहकर बाहर चला जाता है।*)

राजा : प्रतिहारी, इस समय मन बेचैन है। शयनागार की ओर चलो।

प्रतिहारी : इधर आइए महाराज! (*कहकर चल पड़ता है।*)

राजा : यह ठीक है कि मुझे मुनि-कन्या के साथ विवाह की याद नहीं आती और इसीलिए मैंने त्याग भी दिया है। परन्तु मन में बड़ी बेचैनी हो रही है, जिससे मुझे ऐसा विश्वास-सा होता है कि शायद उससे मेरा विवाह हुआ ही था।

(सब बाहर चले जाते हैं।)

षष्टम अंक

(एक पुरुष को बाँधे हुए कोतवाल तथा सिपाहियों का प्रवेश)

सिपाही : (*पीटकर*) क्यों बे चोर, बता तुझे यह रत्नजटित राजकीय अंगूठी कहाँ से मिली? इस पर तो महाराज का नाम भी खुदा हुआ है।

अभियुक्त : (*डरते हुए*) दया कीजिए महाराज! मैंने ऐसा काम कभी नहीं किया।

पहला सिपाही : अच्छा! तो तुझे महाराज ने श्रेष्ठ ब्राह्मण समझकर यह उपहार में दी थी क्या?

अभियुक्त : मैं बताता हूँ, आप सुनिए तो। मैं शक्रावतार का रहने वाला धीवर हूँ।

दूसरा सिपाही : अबे चोर, हम क्या तेरी जाति पूछ रहे हैं।

कोतवाल : सूचक, इसे शुरू से सब सुनाने दो। बीच में टोको नहीं।

सिपाही : जो आपकी आज्ञा। अच्छा रे, सुना।

अभियुक्त : मैं जाल-कांटे आदि से मछलियाँ पकड़कर अपने परिवार का पालन-पोषण करता हूँ।

कोतवाल : (*हँसकर*) जीविका का साधन तो बड़ा पवित्र चुना है!

अभियुक्त : मालिक, ऐसा न कहिए। जिस जाति को जो भी काम मिला हो, वह चाहे कितना भी बुरा क्यों न हो, फिर भी छोड़ा नहीं जाता। वेदपाठी ब्राह्मण का चित्त कितना ही कोमल क्यों न हो, फिर भी यज्ञ में बलि-पशु को मारते हुए उसे कितना निष्ठुर बनना ही पड़ता है।

कोतवाल : अच्छा, अच्छा, फिर क्या हुआ?

अभियुक्त : एक दिन मैंने जब एक रोहू मच्छ के टुकड़े किए तो उसके पेट में यह चमकीले रत्नवाली अंगूठी दिखाई पड़ी। इसे लेकर

बेचने के लिए यहाँ आया और अभी लोगों को दिखा ही रहा था कि आपने मुझे पकड़ लिया। अब आप मुझे मारें, चाहे छोड़ें; पर इस अंगूठी के मेरे पास आने का सच्चा किस्सा यही है।

कोतवाल : जानुक, इसमें कोई सन्देह नहीं कि यह गोह खाने वाला मछियारा ही है। इसके शरीर की दुर्गन्ध ही बताए दे रही है। इसने अंगूठी मिलने का जो वृत्तान्त बताया है, वह विचारणीय है। अच्छा चलो, महाराज के पास ही चलते हैं।

सिपाही : ठीक है। चल बे जेबकतरे, चल।

(सब चल पड़ते हैं।)

कोतवाल : सूचक, तुम इस ड्योढ़ी के बाहर ही इसे लेकर बैठो और मेरी प्रतीक्षा करो। सावधान रहना, कहीं यह भाग न जाए। मैं इस अंगूठी को लेकर महाराज के पास जाता हूँ और इसका हाल सुनाकर वह जो भी आज्ञा दें, सुनकर वापस आता हूँ।

सिपाही : आप जाइए और महाराज को प्रसन्न कीजिए।

(कोतवाल भीतर जाता है।)

पहला सिपाही : जानुक, कोतवाल साहब को बड़ी देर लग गई!

दूसरा सिपाही : भाई, राजाओं के पास अवसर देखकर ही जाया जाता है।

पहला सिपाही : जानुक, इसके गले में मृत्यु की माला पहनाने के लिए मेरे हाथ खुजला रहे हैं। *(अभियुक्त की ओर इशारा करता है।)*

अभियुक्त : क्यों मुझ निरपराध को मारते हैं महाराज!

दूसरा सिपाही : वह कोतवाल साहब कागज़ हाथ में लिए राजा की आज्ञा लेकर इधर ही चले आ रहे हैं। अबे, या तो अब तुझे गिद्ध नोचेंगे या तू कुत्तों के पेट में जाएगा।

(प्रवेश करके)

कोतवाल : सूचक, इस मछियारे को छोड़ दो। अंगूठी मिलने का वृत्तान्त सही है।

सूचक : जो आपकी आज्ञा।

दूसरा सिपाही : यह तो यमराज के घर जाकर वापस लौट आया! *(अभियुक्त के बन्धन खोल देता है।)*

अभियुक्त : *(कोतवाल को प्रणाम करके)* मालिक, मेरा जीविका-साधन कैसा रहा?

कोतवाल : महाराज ने अंगूठी के मूल्य जितना यह धन तुम्हें इनाम में दिया है। *(उसे धन देता है।)*

धीवर : *(प्रणामपूर्वक धन लेकर)* मालिक, यह आपकी मेहरबानी है।

सूचक : कृपा इसी को कहते हैं कि सूली से उतारकर हाथी की पीठ पर बिठा दिया है।

जानुक : कृपा नहीं, पारितोषिक कहो। लगता है कि वह अंगूठी महाराज को बहुत अच्छी लगी होगी।

कोतवाल : मुझे लगता है कि उसमें जड़े बहुमूल्य रत्न से महाराज को विशेष प्रेम नहीं है। परन्तु इस अंगूठी को देखकर उन्हें किसी प्रिय व्यक्ति की याद आ गई। वैसे वे स्वभाव से गम्भीर हैं, पर उस समय क्षण-भर तक उनकी आँखों में उदासी छाई रही।

सूचक : तब तो आपने महाराज का बड़ा भारी काम बना दिया है!

जानुक : यह कहो कि इस मछियारे का काम बना दिया।

(धीवर की ओर ईर्ष्या से देखता है।)

धीवर : महाराज, इसमें से आधा धन आपके फल-फूल के लिए है।

जानुक : यह तो इनका हक ही है।

कोतवाल : आज से तुम हमारे प्रिय मित्र बने। इस मित्रता की प्रसन्नता में आज मदिरा-पान होना चाहिए। चलो, मदिरालय में ही चलते हैं।

(सब बाहर जाते हैं।)

(प्रवेशक)

(विमान पर चढ़ी हुई सानुमती नाम की अप्सरा का प्रवेश)

सानुमती : आज महात्माओं के स्नान के समय अप्सरा तीर्थ के निकट रहने की मेरी बारी थी। वह काम तो पूरा हुआ। अब चलकर ज़रा राजर्षि दुष्यन्त की दशा तो देखूँ। मेनका की सखी होने के नाते शकुन्तला मेरी भी कन्या के समान है। मेनका ने भी कुछ दिन पहले शकुन्तला के लिए कुछ न कुछ उपाय करने को मुझसे कहा था। पर यह क्या बात कि वसन्तोत्सव का समय आ जाने पर भी यहाँ राजमहल में उत्सव प्रारम्भ हुआ नहीं दीखता? यों तो मैं अपनी दिव्यदृष्टि से ही सब कुछ जान सकती हूँ, पर अपनी सखी के अनुरोध को भी तो पूरा करना है। अच्छा, तस्करिणी विद्या से अपने-आपको छिपाकर इन दो उद्यानपालिकाओं के पास जाकर मालूम करती हूँ। *(विमान से उतरकर खड़ी हो जाती है।)*

(आम के नए बौर को देखती हुई दासी का प्रवेश। एक दूसरी दासी उसके पीछे खड़ी है।)

पहली दासी : हे अरुण, हरित और पीत आम के नए बौर! तुम वसन्त के जीवन हो! तुम वसन्त ऋतु में कल्याण करने वाले हो! तुम आज पहले-पहल दिखाई पड़े हो। मैं तुम्हारी अनुकम्पा चाहती हूँ।

दूसरी दासी : परभृतिका, अकेली खड़ी-खड़ी क्या बोल रही है?

पहली दासी : मधुकरिका, आम्रमंजरी को देखकर कोयल उन्मत्त हो उठती है।

दूसरी दासी : (*जल्दी से पास आकर*) क्या मधुमास आ गया?

पहली दासी : हाँ मधुकरिका, तुम्हारे मद-भरे गीतों का यह समय आ गया।

दूसरी दासी : सखि, ज़रा मुझे सहारा तो दे। मैं उचककर आम का बौर तोड़ती हूँ। उससे कामदेव का पूजन करूंगी।

पहली दासी : सहारा तो दूँगी, पर पूजा का आधा फल मुझे भी तो मिले।

दूसरी दासी : यह तो बिन कहे भी हो जाएगा, क्योंकि हम दोनों के शरीर चाहे दो हों, किन्तु प्राण तो एक ही हैं। *(सखी का सहारा लेकर आम का बौर तोड़ती है।)* अरी, भले ही आम का बौर अभी खिला नहीं है, फिर भी इसके तोड़ते ही सुगन्ध चारों ओर महक उठी। हे आम के बौर, मैं तुम्हें धनुष चढ़ाए कामदेव को समर्पित करती हूँ। तुम प्रवासी जनों की तरुणी पत्नियों के लिए कामदेव के छठे बाण बन जाओ। (*कहकर आम के बौर को फेंक देती है।*)

(बिना परदा गिराए कंचुकी का प्रवेश)

कंचुकी : **यह क्या? अरी मूर्ख, महाराज ने तो वसन्तोत्सव बन्द करवा दिया है और तू यह आम के बौर तोड़ने लगी है।**

दोनों दासियाँ : (डरकर) आर्य, रुष्ट न हों। हमें यह बात मालूम न थी।

कंचुकी : क्यों? क्या तुमने यह नहीं सुना कि वसन्त में विकसित होने वाले तरुओं ने और उन पर रहने वाले पक्षियों ने भी महाराज के आदेश का पालन किया है। देखो, यद्यपि आम की मंजरियों को डालों पर आए इतने दिन हो गए फिर भी अभी तक उनमें पराग नहीं पड़ा। कुरबक के फूल बहुत समय पहले खिल चुकने चाहिए थे, पर वे अभी तक कली के ही रूप में पड़े हैं। यद्यपि शिशिर ऋतु बीत गई है, फिर भी कोकिलों की कूक उनके कण्ठों में ही अटकी हुई है। मुझे तो ऐसा लगता है कि कामदेव ने भी चौंककर अपने तूणीर में से आधे निकले हुए बाण को

फिर वापस तूणीर में ही रख लिया है।

सानुमती : इसमें क्या सन्देह! राजर्षि दुष्यन्त अत्यन्त प्रतापी जो ठहरे।

पहली दासी : आर्य, हमें नगरपाल मित्रावसु ने कुछ ही दिन पहले तो महारानी की सेवा में भेजा है। यहाँ आते ही हमें इस प्रमदवन उद्यान की सार-सम्भाल का काम सौंप दिया गया। क्योंकि हम नई आई हैं, इसलिए हमें यह वृत्तान्त मालूम न था।

कंचुकी : अच्छा। पर अब फिर ऐसा काम न करना।

दासियाँ : आर्य, हमें यह जानने की उत्सुकता है कि महाराज ने वसन्तोत्सव किसलिए रुकवा दिया है। यदि कुछ गोपनीय बात न हो तो हमें भी बता दीजिए।

सानुमती : मनुष्य तो स्वभावतः उत्सवप्रिय होते हैं। इसे रोकने का अवश्य कोई बड़ा ही कारण रहा होगा।

कंचुकी : यह बात तो सबको मालूम हो चुकी है। इसे सुनाने में क्या हानि है! क्या तुमने शकुन्तला के परित्याग की बात नहीं सुनी?

दासियाँ : नगरपाल मित्रावसु के मुख से अंगूठी मिलने तक का वृत्तान्त तो हम सुन चुकी हैं।

कंचुकी : तब तो सुनाने को बहुत थोड़ी-सी बात ही शेष है। ज्योंही अपनी अंगूठी को देखकर महाराज को यह स्मरण आया कि मैंने सचमुच ही एकान्त में शकुन्तला से विवाह किया और उसके पश्चात् विवाह को स्मरण न करके उसका परित्याग कर दिया, तब से ही उनके पश्चाताप की सीमा नहीं है। अब उन्हें सुन्दर वस्तुएँ बुरी लगने लगी हैं। अब वे पहले की भाँति प्रतिदिन मन्त्रियों से भी नहीं मिलते। सारी रात उनींदे ही पलंग पर करवटें बदलते बिता देते हैं। जब कभी बहुत आग्रह करने पर अन्तःपुर की रानियों से बात करने भी लगते हैं, तब भूल से शकुन्तला का नाम उनके मुख से निकल जाता है और उसके कारण वे बड़ी देर तक लज्जित हुए रहते हैं।

सानुमती : यह तो प्रसन्नता की बात है।

कंचुकी : इसी तीव्र सन्ताप के कारण उन्होंने उत्सव रोक दिया है।

दासियाँ : ठीक है। इधर आइए महाराज।

कंचुकी : (ध्यान से सुनकर) अरे, महाराज इधर ही आ रहे हैं। जाओ अपने-अपने काम में लगो।

दासियाँ : अच्छा! (कहकर बाहर निकल जाती हैं।)

(पश्चात्ताप के उपयुक्त वेश धारण किए राजा, विदूषक और प्रतिहारी का प्रवेश)

कंचुकी : (*राजा को देखकर*) सुन्दर व्यक्ति सभी दशाओं में सुन्दर दिखाई पड़ते हैं। इसी से महाराज उदास होते हुए भी कितने अच्छे लग रहे हैं! यद्यपि उन्होंने बाईं भुजा में पहने हुए एक स्वर्ण कंकण के सिवाय और सभी आभूषण छोड़ दिए हैं; गर्म साँसों के कारण उनका नीचे का होंठ लाल हो उठा है; चिन्ता और रात्रि-जागरण के कारण उनकी आँखें अलसाई हुई हैं; फिर भी अपने अद्‌भुत तेज के कारण कृश होते हुए भी वे कृश प्रतीत नहीं होते; जैसे कि सान पर चढ़ाया हुआ बहुमूल्य रत्न छोटा होने पर भी अपनी आभा के कारण बड़ा ही दिखाई पड़ता है।

सानुमती : (*राजा को देखकर*) शकुन्तला इस राजा से परित्यक्त और अपमानित होकर भी जो इसी के लिए तड़पती है, उसका वह तड़पना उचित ही है।

राजा : (*विचारमग्न धीरे-धीरे चलते हुए*) यह मेरा हृदय ऐसा अभागा है कि जब वह मृगनयनी प्रियतमा इसे यत्नपूर्वक जगा रही थी, तब तो सोता रहा और अब पश्चाताप का कष्ट भुगतने के लिए जाग उठा है।

सानुमती : उस बेचारी शकुन्तला की किस्मत ही ऐसी थी।

विदूषक : (*आड़ करके*) इन पर फिर शकुन्तला का भूत चढ़ा। कुछ समझ में नहीं आता कि यह ठीक कैसे होंगे?

कंचुकी : (*पास जाकर*) महाराज की जय हो! प्रमदमन को मैंने घूम-फिरकर भली-भाँति देख लिया है। अब आपकी जहाँ भी इच्छा हो वहीं बैठकर विश्राम करें।

राजा : प्रतिहारी, मेरी ओर से जाकर अमात्य आर्यपिशुन से कहो कि आज मैं देर से उठा हूँ। इसलिए न्यायासन पर बैठना मेरे लिए सम्भव न होगा। प्रजा का जो कुछ काम वे देखें, वह कागज़ पर लिखकर भेज दें।

प्रतिहारी : जो महाराज की आज्ञा! (*बाहर जाता है।*)

राजा : पर्वतायन, तुम भी जाओ। अपना काम करो।

कंचुकी : जो महाराज की आज्ञा! *(बाहर जाता है।)*

विदूषक : ठीक है आपने सब मक्खियाँ उड़ा दीं। अब प्रमदवन में उस ओर चलकर मन बहलाइए, जहाँ वसन्त ऋतु छा रही है; जिसमें न अधिक गरमी है और न ही ठण्ड।

राजा : मित्र, यह जो कहा जाता है कि विपत्ति सदा मौके की ताक में रहती है, वह ठीक ही है। क्योंकि इधर तो मेरे मन से मुनि-कन्या के प्रेम की याद छिपाए रखने वाला अन्धकार दूर हुआ और उधर कामदेव ने प्रहार के लिए उद्यत होकर अपने धनुष पर आम्रमंजरियों का बाण चढ़ा लिया।

विदूषक : अच्छा, ज़रा ठहरिए। मैं अभी इस डण्डे से कामदेव के होश ठिकाने किए देता हूँ। *(डण्डा उठाकर आम के बौर को तोड़ गिराना चाहता है।)*

राजा : *(मुस्कराकर)* रहने दो, रहने-दो। तुम्हारा बल-तेज देख लिया। चलो, अब यह बताओ कि किस जगह बैठकर प्रियतमा का कुछ-कुछ अनुकरण करने वाली लताओं को देख-देखकर आँखें ठण्डी की जाएँ।

विदूषक : आप ही ने तो दासी चतुरिका को कहा था कि मैं इस समय माधवी कुंज में जाकर बैठूँगा। उस चित्रफलक को लेकर वहीं आ जाना, जिस पर कि मैंने अपने हाथ से शकुन्तला का चित्र खींचा है।

राजा : हाँ, मनोविनोद के लिए वह स्थान ठीक है। चलो, उधर ही चलो।

विदूषक : आइए, इधर आइए।

(दोनों चलते हैं। सानुमती उनके पीछे-पीछे जाती है।)

विदूषक : यह माधवी कुंज आ गया। इसके अन्दर एक रत्न-शिला पड़ी है। अपनी अनेक सुन्दर सामग्रियों से यह हमारा स्वागत-सा कर रहा है। चलिए, इसमें अन्दर चलकर बैठिए।

(दोनों कुंज के अन्दर जाकर बैठ जाते हैं।)

सानुमती : मैं भी एक बेल पर चढ़कर अपनी 'पुत्री' के चित्र को देखती हूँ। उसके बाद जाकर उसे बताऊँगी कि उसके पति उसे कितना प्रेम करते हैं। *(एक बेल पर चढ़कर बैठ जाती है।)*

राजा : मित्र, अब मुझे शकुन्तला का पहला सारा वृत्तान्त भली प्रकार

याद आ रहा है। यह वृत्तान्त मैंने तुम्हें भी तो सुनाया था। परन्तु जब मैंने शकुन्तला का अनादर किया, उस समय तुम मेरे पास नहीं थे। उससे पहले भी तुमने कभी उसका नाम नहीं लिया। क्या मेरी ही तरह तुम भी तो नहीं भूल गए थे?

विदूषक : नहीं, भूला तो नहीं था। परन्तु आपने सब कुछ कहकर अन्त में यह कह दिया था कि यह सब तो केवल परिहास की बात है; इसमें सत्य कुछ नहीं है। मैंने भी मिट्टी के माधो की तरह वैसा ही समझ लिया। सच तो यह है कि जो होना होता है, वह होकर ही रहता है।

सानुमती : यह बात सच है।

राजा : (*सोचते हुए*) मित्र, किसी तरह मुझे बचाओ।

विदूषक : अरे, आपको यह क्या हुआ? ऐसा कहना आपको शोभा नहीं देता। सत्पुरुष कभी भी अपने कष्ट को औरों के सम्मुख इस प्रकार प्रकट नहीं करते, जिससे औरों को कुछ कहने का अवसर मिले। पहाड़ तूफान में भी अडिग ही रहते हैं।

राजा : मित्र, परित्याग के समय प्रिय शकुन्तला कैसी शोक-विह्वल हो उठी थी, उसे याद करके मुझसे धैर्य नहीं रखा जाता। वह बेचारी इधर से तिरस्कृत होने पर अपने इष्ट-बन्धुओं के पीछे चलने लगी। उसके बाद जब गुरु के समान गुरु-शिष्य ने उसे ज़ोर से धमकाकर कहा 'वहीं रह' तो वह खड़ी हो गई और फिर बहते हुए आँसुओं से धुंधली हुई अपनी दृष्टि से मुझ निष्ठुर की ओर देखने लगी। वह दृष्टि आज भी मुझे विषबुझे तीर की भाँति जला रही है।

सानुमती : हाय रे मनुष्य की स्वार्थपरता! इनके दुःख को देख-देखकर मुझे आनन्द हो रहा है।

विदूषक : भई, मुझे तो ऐसा लगता है कि उसे कोई आकाश-चर देवता उठा ले गया है।

राजा : उस पतिव्रता को अन्य कोई छूने का साहस ही कैसे कर सकता है? मैंने सुना है कि तुम्हारी सखी शकुन्तला की माता मेनका है। मेरा मन तो यही कहता है कि हो न हो मेनका की सखियाँ उसे उठा ले गई हैं।

सानुमती : आश्चर्य की बात यह नहीं है कि वह इन्हें याद आ रही है;

बल्कि यह उसे भूल कैसे गए थे?

विदूषक : यदि यह बात है, तो समय आने पर आपका उनसे अवश्य मिलन होगा।

राजा : वह कैसे?

विदूषक : क्योंकि माता-पिता बहुत देर तक अपनी कन्या को पति के वियोग में दुःखी नहीं देख सकते।

राजा : मित्र, वह वापस लौटकर न आने वाला सुन्दर अतीत कोई स्वप्न था, माया थी, मेरी बुद्धि का भ्रममात्र था, या मेरे पुण्यों का कोई ऐसा फल था, जो उतनी ही देर में समाप्त हो गया; यह मैं ठीक प्रकार समझ नहीं पा रहा हूँ। मेरी सारी आशाएँ पहाड़ की चोटी से गहरी खाई में गिरकर चकनाचूर हो गई हैं।

विदूषक : ऐसी बातें न कीजिए। यह अंगूठी फिर मिल गई, यही इस बात की सूचक है कि आप दोनों का मिलन अवश्य होगा और अचानक होगा।

राजा : (*अंगूठी को देखकर*) हाय! यह अंगूठी भी कैसी अभागी है, जो वैसे दुर्लभ स्थान पर पहुँचकर भी वहाँ से गिर पड़ी। हे अंगूठी, परिणाम को देखकर ऐसा लगता है कि मेरी भाँति तेरे पुण्य भी थोड़े-से ही थे। तभी तू उसकी अरुण नखों वाली सुन्दर अंगुलियों में पहुँचकर भी वहाँ से गिर पड़ी।

सानुमती : यदि किसी अन्य के हाथ पड़ जाती, तो सचमुच ही दुःख की बात होती।

विदूषक : आपने यह अपने नाम वाली अंगूठी किस प्रसंग में उसकी अंगुली में पहनाई थी?

सानुमती : यह तो मैं भी सुनना चाहती हूँ।

राजा : जब मैं अपने नगर को लौटने लगा, तो प्रियतमा शकुन्तला आँखों में आँसू भरकर कहने लगी, 'आप कितने दिन में अब फिर मेरी सुध लेंगे?'

विदूषक : फिर?

राजा : तब मैंने यह अंगूठी उसकी अंगुली में पहनाते हुए कहा था कि 'प्रिय, तुम इस अंगूठी पर लिखे एक-एक अक्षर को एक-एक दिन में गिनती जाना और जब तुम इस नाम के अन्त तक

पहुँचोगी, तभी मेरे अनुचर तुम्हें मेरे अन्तःपुर में ले जाने के लिए आ पहुँचेंगे।' और मैं निष्ठुर उस सबको भूल जाने के कारण इसकी व्यवस्था कर ही न सका।

सानुमती : अवधि तो बड़ी अच्छी बताई थी, परन्तु भाग्य ने सब उलट-पलट कर दिया।

विदूषक : तो फिर यह अंगूठी धीवर द्वारा पकड़े गए रोहू मच्छ के पेट में कैसे पहुँच गई?

राजा : शचीतीर्थ पर पूजा करते समय यह तुम्हारी सखी के हाथ से पानी में गिर पड़ी थी।

विदूषक : ठीक!

सानुमती : इसीलिए इस धर्मभीरु राजा दुष्यन्त को बेचारी शकुन्तला के साथ हुए अपने विवाह में भी सन्देह था। परन्तु क्या ऐसे प्रबल प्रेम में भी स्मरण-चिह्न की आवश्यकता होती है? अवश्य इसका कुछ और कारण रहा होगा।

राजा : अब इस अंगूठी को उलाहना तो दूँ!

विदूषक : (*मन ही मन*) अब इन्होंने फिर पागलों की-सी बातें शुरू कीं।

राजा : हे अंगूठी, तू उस सुन्दर और कोमल अंगुलियों वाले हाथ को छोड़कर पानी में क्यों जा डूबी थी? या फिर अचेतन वस्तु तो गुणों को पहचान नहीं सकती, परन्तु मैंने क्या सोच-समझकर प्रियतमा का तिरस्कार किया?

विदूषक : (*मन ही मन*) आज तो लगता है कि भूखों ही मरना होगा।

राजा : सुन्दरी, मैंने अकारण तुम्हें त्याग दिया था, इस पश्चाताप से मेरा हृदय जल रहा है। अब कृपा करो, मुझे फिर दर्शन दो।

(बिना परदा गिराए चित्र-फलक लिए दासी का प्रवेश)

चतुरिका : यह स्वामिनी चित्र में खड़ी हुई हैं।

(चित्र-फलक दिखाती है)

विदूषक : धन्य मित्र! आपने शरीर के विभिन्न अंगों का ऐसा सुन्दर चित्रण किया है कि उसमें भाव तक झलक उठे हैं। मेरी दृष्टि तो चित्र के उभरे हुए और दबे हुए स्थलों पर फिसल-सी रही है।

सानुमती : धन्य है राजर्षि की चित्रकला! ऐसा लगता है कि पुत्री शकुन्तला ही मेरे सामने खड़ी है।

राजा : इस चित्र में जो-जो वस्तु ठीक न थी, वह मैंने बार-बार सुधार

कर ठीक की है; फिर भी अभी तक उसके सौन्दर्य की केवल ज़रा-सी झलक ही इस चित्र में आ पाई है।

सानुमती : इनका यह कथन इनके पश्चाताप से द्विगुणित प्रेम और इनकी निरभिमानता के अनुरूप ही है।

विदूषक : क्यों जी, यहाँ तो वे तीन दिखाई पड़ रही हैं और सबकी सब सुन्दर हैं। इसमें से शकुन्तला कौन-सी है?

सानुमती : इसे ऐसे सुन्दर रूप की ज़रा भी पहचान नहीं। इसके लिए तो आँखों का होना न होना बराबर है।

राजा : तुम किसे समझते हो?

विदूषक : मुझे तो ऐसा लगता है कि ये जो सिंचाई के कारण चिकने पत्तों वाले आम के पेड़ के पास कुछ थकी हुई-सी खड़ी है, जिसके अधखुले जूड़े से फूल गिर रहे हैं और मुँह पर पसीने की बूँदें झलक रही हैं; कन्धे नीचे की ओर झुके हुए हैं; वही शकुन्तला है। शेष दोनों सखियाँ हैं।

राजा : तुम समझदार हो। इस चित्र में मेरे प्रेम के चिह्न भी बने हुए हैं। चित्र के आसपास अंगुलियों में आए पसीने के मैले दाग पड़ गए हैं और इस पर मेरे कपोलों से एक आँसू गिर पड़ा था, जो उड़े हुए रंग के कारण स्पष्ट दिखाई पड़ता है। चतुरिका, अभी इस चित्र में विनोद का वह स्थान अधूरा ही चित्रित हुआ है; जाकर रंगों की बत्तियों तो ले आ।

चतुरिका : आर्य माधव्य, ज़रा इस चित्र-फलक को तो पकड़िए, मैं अभी आती हूँ।

राजा : लाओ, मैं ही थामे लेता हूँ (*चित्र-फलक को संभालता है।*)

(दासी बाहर जाती है।)

राजा : (*गहरी साँस छोड़कर*) मेरी भी क्या दशा है! पहले मैंने साक्षात् आई हुई प्रिया को तो त्याग दिया और अब उसके इस चित्र का इतना आदर कर रहा हूँ। यह ठीक ऐसा ही है, जैसे मार्ग में बहती हुई जल से भरी नदी को छोड़ आने के बाद मरीचिका के पीछे भागने लगा होऊँ।

विदूषक : (*मन ही मन*) यह तो नदी को छोड़कर मरीचिका के पीछे दौड़ने लगे हैं। (*प्रकट रूप से*) क्यों जी, इस चित्र में अब और क्या चित्रित करना शेष है?

सानुमती : शायद ये उन प्रदेशों का चित्रण करना चाहते हैं, जो मेरी सखी को बहुत प्रिय थे।

राजा : सुनो, अभी इसमें मालिनी नदी बनानी है, जिसकी रेती में हंसों के जोड़े बैठे हों। इसमें हिमालय की पवित्र तराई चित्रित करनी है, जिसमें हरिणों का झुण्ड विश्राम कर रहा है। एक पेड़ का चित्र भी इसमें बनाना चाहता हूँ, जिसकी शाखाओं पर वल्कल वस्त्र झूल रहे हों और उस वृक्ष के नीचे एक हरिणी अपनी बाईं आँख को काले हरिण के सींग से धीरे-धीरे खुजला रही हो।

विदूषक : (*मन ही मन*) मुझे तो ऐसा लगता है कि ये सारे चित्र-फलक को लम्बी-लम्बी दाढ़ियों वाले तपस्वियों के झुण्ड से भरे बिना न मानेंगे।

राजा : मित्र, और भी एक बात है। इस चित्र में शकुन्तला की उचित श्रृंगार-सामग्री को तो मैं भूल ही गया।

विदूषक : वह क्या?

सानुमती : यह श्रृंगार-सामग्री अवश्य ही तपोवन और सुकुमारता दोनों के ही अनुकूल होगी।

राजा : मित्र, अभी तो मैंने इसका कानों में पहना हुआ वह शिरीष का फूल भी नहीं बनाया, जिसकी पंखुरियाँ गालों तक झूल रही हों और न स्तन-युगल के मध्य में शरद् ऋतु के चन्द्रमा की किरणों के समान कोमल कमलनाल की माला ही पहनाई है।

विदूषक : क्यों जी, यह लाल कमल की पंखुरियों के समान सुन्दर हथेली से अपने मुँह को ढाँपकर चौंकी हुई-सी क्यों खड़ी है? ओह, यह फूलों के रस का चोर दुष्ट भौंरा इनके मुँह पर मंडरा रहा है।

राजा : इस ढीठ को ज़रा रोकना।

विदूषक : आप ही दुष्टों का दमन करने वाले हैं। यह आपके रोके ही रुकेगा।

राजा : ठीक है। अरे भई, कुसुमलताओं के प्रिय अतिथि, यहाँ उड़-उड़कर क्यों व्यर्थ कष्ट पा रहे हो? वह देखो, तुम्हारी प्रिय भ्रमरी फूल के ऊपर बैठी हुई तुम्हारे बिना प्यास से व्याकुल होकर भी मधुपान नहीं कर रही; तुम्हारी प्रतीक्षा कर रही है।

सानुमती : रोका भी कितनी भद्रता के साथ है!

विदूषक : लात के भूत बात से कहीं मानते हैं?

राजा : क्यों रे भ्रमर, तू मेरी आज्ञा नहीं मानता; तो अब सुन ले। यदि तू मेरी प्रिया के ताज़े नवपल्लव के समान सुन्दर अधर को, जिसका कि मैंने भी प्रेमोत्सवों में बड़ी सदयता के साथ ही पान किया है, स्पर्श करेगा; तो मैं तुझे कमलकोष के कारागृह में डाल दूँगा।

विदूषक : ऐसे भयंकर दण्ड से तो यह डर चुका! (*हँसकर मन ही मन*) यह तो जो पागल हुए, सो हुए; इनके साथ मैं भी पागल हो गया। (*प्रकट रूप से*) अरे भई, यह तो चित्र है।

राजा : ऐं, क्या सचमुच चित्र है?

सानुमती : मुझे भी अब आकर यह पता चला। फिर चित्र के अनुसार ही ध्यानमग्न रहने वाले राजा का तो कहना ही क्या?

राजा : मित्र, यह तुमने क्या अनर्थ किया! मैं तो तन्मय होकर प्रियतमा का साक्षात् दर्शन-सा कर रहा था और तुमने याद दिलाकर मेरी प्रियतमा को चित्र बना दिया। (*आँसू बहाने लगता है।*)

सानुमती : इनका यह विरह पूर्वापर विरोधी होने के कारण विचित्र ही लगता है।

राजा : मित्र, इस अविराम दुःख को कैसे सहूँ? रात में नींद नहीं आती, इसीलिए उससे स्वप्न में मिलना भी असम्भव हो गया है; और आँखों में आए हुए आँसू उसके इस चित्र तक को देखने नहीं देते।

सानुमती : शकुन्तला के परित्याग से हमें जो दुःख हुआ था, उसे तुमने मिटा दिया।

(प्रवेश करके)

चतुरिका : महाराज की जय हो! मैं रंगों की पिटारी लेकर आ रही थी।

राजा : तो क्या हुआ?

चतुरिका : तभी तरलिका को साथ लिए महारानी वसुमति आईं। उन्होंने वह पिटारी मुझसे ज़बर्दस्ती छीन ली। कहने लगीं कि 'मैं स्वयं इसे लेकर महाराज के पास जा रही हूँ।'

विदूषक : तेरे भाग्य अच्छे थे कि तू बच आई।

चतुरिका : महारानी का दुपट्टा एक पौधे की डाली में उलझ गया था। उधर तरलिका उसे छुड़ाने लगी और इधर मैं जान बचाकर भाग आई।

राजा : मित्र, रानी अब आती ही होंगी। बहुत दिन से आदर पाते रहने

के कारण उनमें गर्व भी कम नहीं है। तुम चित्र को किसी तरह बचाओ।

विदूषक : यह कहिए कि अपनी जान बचाओ। (*चित्र-फलक को लेकर उठ खड़ा होता है।*) जब आपको अन्तःपुर के पचड़े से छुटकारा मिल जाए, तो मुझे मेघप्रतिच्छद प्रासाद से बुलवा लीजिएगा। (*तेज़ी से बाहर निकल जाता है।*)

सानुमती : हृदय दूसरे को दे डालने पर भी महाराज पहले किए प्रेम का आदर बनाए रखना चाहते हैं। परन्तु अब वह पहला प्रेम एकदम ही ठण्डा पड़ चुका है।

(पत्र हाथ में लिए प्रवेश करके)

प्रतिहारी : महाराज की जय हो!

राजा : प्रतिहारी, तुम्हें रास्ते में कहीं रानी तो दिखाई नहीं पड़ी?

प्रतिहारी : दिखाई तो पड़ी थीं, किन्तु कागज-पत्र हाथ में लिए मुझे आते देखकर वापस लौट गईं।

राजा : वे कार्य के महत्त्व को खूब समझती हैं, इसी से कार्य के समय बाधा नहीं डालना चाहतीं।

प्रतिहारी : महाराज, अमात्य महोदय ने कहा है कि आज हिसाब-किताब का काम अधिक था, इसलिए प्रजा का केवल एक ही मामला मैं देख पाया हूँ। वह इस पर लिख दिया है। महाराज देख लें।

राजा : लाओ, कागज़ इधर दो (*प्रतिहारी कागज़ देता है।*)

राजा : (*पढ़कर*) यह क्या? सामुद्रिक व्यापारी सेठ धनमित्र की जहाज़ डूब जाने से मृत्यु हो गई? और इस बेचारे के कोई सन्तान नहीं? अमात्य ने लिखा है कि उसका सारा धन राजकोष में आ जाना चाहिए। हाय, पुत्रहीन होना भी कितने दुःख की बात है।! प्रतिहारी, जब उसके पास इतना धन था, तो अवश्य ही उसकी पत्नियाँ भी कई होंगी। पता करो, शायद उनमें से कोई पत्नी गर्भवती हो!

प्रतिहारी : महाराज, सुना है कि उनकी एक पत्नी साकेत के सेठ की लड़की है। उसका हाल ही में पुंसवन-संस्कार हुआ था।

राजा : तब तो पैतृक धन पर उस गर्भस्थ शिशु का अधिकार है। जाओ, अमात्य को यही बात कह दो।

प्रतिहारी : जो महाराज की आज्ञा। (*चलने लगता है।*)

राजा : ज़रा यहाँ तो आना।

प्रतिहारी : जी, आ गया।

राजा : सन्तान है या नहीं, इससे क्या? यह घोषणा करवा दो कि प्रजा में से जिस-जिसका, जो-जो भी कोई सम्बन्धी न रहे, पापियों को छोड़कर, आज से उनका वह सम्बन्धी दुष्यन्त है।

प्रतिहारी : यह घोषणा अभी हुई जाती है। (*बाहर जाकर फिर प्रवेश करके*) महाराज की इस घोषणा से प्रजा को वैसा ही आनन्द हुआ, है जैसा ठीक समय पर हुई वर्षा से होता है।

राजा : (*लम्बी और गहरी साँस छोड़कर*) हाय, सन्तान न होने पर निराधार कुलों की सम्पत्ति मूल पुरुष की मृत्यु के बाद औरों के पास चली जाती है। मेरे मरने पर पुरुवंश की लक्ष्मी का भी यही हाल होगा।

प्रतिहारी : भगवान् ऐसा दिन न लाए।

राजा : हाय, मैंने भी यह क्या किया, जो घर आए सौभाग्य को ठुकरा दिया?

सानुमती : वह अवश्य शकुन्तला को ही याद कर-करके अपने-आपको धिक्कार रहे हैं?

राजा : मैंने वंश-परम्परा को चलाने वाली अपनी गर्भवती पत्नी का परित्याग कर दिया, जो समय पर बीज बोई गई भूमि के समान भविष्य में सुमहान् फल देने वाली थी।

सानुमती : अब भी वंश-परम्परा अटूट बनी रहेगी।

चतुरिका : (*चुपके से प्रतिहारी से*) इस सेठ के वृत्तान्त को सुन महाराज का दुःख दुगुना हो गया है। इन्हें सान्त्वना देने के लिए मेघ-प्रतिच्छद महल से आर्य माधव्य को जल्दी से बुला लाओ।

प्रतिहारी : यह ठीक है। (*बाहर जाता है।*)

राजा : हाय, दुष्यन्त का दिया हुआ पिण्ड पाने वाले पितर लोग सन्देह में पड़ गए हैं। उन्हें चिन्ता हो गई है कि इस दुष्यन्त के बाद हमारे वंश में कौन हमारा वैदिक विधि से तर्पण करेगा? इसीलिए मुझ पुत्रहीन द्वारा दिए गए जल से वे पहले अपने आँसू धोते हैं, और उससे शेष बचे जल को पीते हैं।

(मूर्च्छित हो जाता है।)

चतुरिका : (*हड़बड़ाहट के साथ देखकर*) महाराज, धीरज रखिए, धीरज रखिए।

सानुमती : हाय-हाय, दीपक जलता होने पर भी बीच में परदा होने के कारण यह अन्धकार-सा अनुभव कर रहे हैं। मैं अभी इन्हें सब कुछ बताकर आनन्दित किए देती हूँ। पर नहीं, ध्यान आया कि शकुन्तला को आश्वासन देती हुई देवमाता अदिति कह रही थीं कि 'यज्ञ भाग पाने के लिए उत्सुक देवता लोग ही कुछ ऐसा उपाय करेंगे, जिससे तुम्हारे पति शीघ्र ही आदरपूर्वक तुम्हें ग्रहण करें।' अब यहाँ देर करना ठीक नहीं। चलकर यह सारा वृत्तान्त सुनाकर अपनी प्यारी सखी शकुन्तला को धैर्य बँधाऊँ। (*झटके के साथ ऊपर उड़ जाती है।*)

(नेपथ्य में)

दुहाई है, महाराज दुहाई है!

राजा : (*होश में आकर, ध्यान से सुनकर*) अरे माधव्य की-सी पुकार प्रतीत होती है। यहाँ कोई है?

(प्रवेश करके)

प्रतिहारी : (*घबराहट के साथ*) महाराज, आपके मित्र माधव्य विपत्ति में फँस गए हैं; उनकी रक्षा कीजिए।

राजा : क्यों, उसे क्या हुआ?

प्रतिहारी : कोई अदृश्य प्राणी उन्हें पकड़कर ले गया है और मेघ-प्रतिच्छद महल की मुंडेर पर उन्हें लटकाए हुए है।

राजा : (*उठकर*) अच्छा, अब मेरे महलों में भी भूत-प्रेत आने लगे? क्या किया जाए; प्रतिदिन मनुष्य स्वयं ही कहाँ कितनी भूल कर जाता है, इसी का पता नहीं चलता; फिर प्रजा में से कौन व्यक्ति किस प्रकार का आचरण कर रहा है, यह पूरी तरह मालूम कर पाना तो सम्भव ही नहीं।

(नेपथ्य में)

बचाओ मित्र, मुझे बचाओ!

राजा : (*तेज़ी से चलता हुआ*) मित्र, डरो मत, डरो मत!

(नेपथ्य में)

बचाओ मित्र, मुझे बचाओ! हाय, डरूँ कैसे नहीं! यह न जाने कौन मेरी गर्दन मरोड़कर गन्ने की भाँति मेरे तीन टुकड़े किए डालता है।

राजा : (*इधर-उधर देखकर*) मेरा धनुष लाओ।

(धनुष हाथ में लिए प्रवेश करके।)

यवनी : स्वामी, यह धनुष है और यह हस्तत्राण।

(राजा धनुष-बाण ले लेता है।)

(नेपथ्य में)

जैसे गले का ताज़ा खून पीने के लिए चीता पशु को मार डालता है, उसी प्रकार मैं बिलबिलाते हुए तुझे अभी मारे डालता हूँ। विपत्तिग्रस्तों को अभय देने के लिए धनुष धारण करने वाला दुष्यन्त अब तुझे बचा सकता हो, तो बचा ले।

राजा : (*क्रुद्ध होकर*) यह क्या? मुझे ही नीचा दिखाना चाहता है। ठहर रे शवभोजी, अभी तुझे समाप्त करता हूँ। (*धनुष पर डोरी चढ़ाकर*) प्रतिहारी, सीढ़ियों की ओर चलो।

प्रतिहारी : (*चारों ओर देखकर*) यहाँ तो कोई भी नहीं है।

(नेपथ्य में)

हाय-हाय, मैं तो आपको देख रहा हूँ और आप मुझे नहीं देख पा रहे। बिल्ली के मुँह में फँसे चूहे की तरह अब मैं तो जीवन की आशा छोड़ बैठा हूँ।

राजा : अरे तस्करिणी विद्या के अभिमानी, मेरा अस्त्र अब तुझे ढूँढ़ लेगा। यह मैं उस बाण को धनुष पर चढ़ाता हूँ, जो वध-योग्य तुझे तो मार डालेगा और रक्षा-योग्य ब्राह्मण की रक्षा करेगा। ठीक वैसे ही, जैसे हंस दूध को पी लेता है और उसमें मिले जल को छोड़ देता है।

(धनुष पर बाण चढ़ाता है।)

(विदूषक को छोड़कर मातलि प्रवेश करता है।)

मातलि : महाराज, इन्द्र ने राक्षसों को मारने के लिए आपको बुलाया है। अब चलकर उन पर ही इस धनुष का प्रयोग कीजिए। मित्रों पर तो सत्पुरुषों की प्रसन्नता से भरी सौम्य दृष्टि ही पड़ा करती है, भयंकर बाण नहीं।

राजा : (*हड़बड़ाकर बाण को धनुष से उतारता हुआ*) अरे, क्या मातलि हैं? इन्द्र के सारथि, आपका स्वागत है।

(प्रवेश करके)

विदूषक : जिसने मुझे यज्ञ के पशु की भाँति मारने का यत्न किया, उसी

का यह स्वागत करके अभिनन्दन कर रहे हैं।

मातलि : (*मुस्कराते हुए*) महाराज, अब सुनिए कि इन्द्र ने मुझे आपके पास किसलिए भेजा है।

राजा : हाँ, वह तो सुनाइए।

मातलि : कालनेमि के वंश में दुर्जय नाम के दानवों का समूह उत्पन्न हुआ है।

राजा : हाँ है, मैंने भी एक बार नारदजी से सुना था।

मातलि : आपके मित्र इन्द्र उसे जीत नहीं पा रहे। इसलिए उन्हें युद्ध में मारने के लिए इन्द्र ने आपको याद किया है। रात्रि के जिस अन्धकार को सूर्य हटाने में असमर्थ रहता है, उसे चन्द्रमा दूर कर देता है। इस समय आपने शस्त्र तो धारण किए ही हुए हैं; तो बस अभी इस इन्द्र के रथ पर चढ़कर विजय के लिए प्रस्थान कीजिए।

राजा : इन्द्र ने आदर प्रदान करके मुझ पर अनुग्रह किया है। परन्तु आपने माधव्य के साथ ऐसा व्यवहार क्यों किया?

मातलि : वह भी बताए देता हूँ। मैंने देखा कि आप किसी कारणवश मानसिक सन्ताप से विकल हैं। इसलिए आपको क्रोध दिलाने के लिए ऐसा किया। क्योंकि ईंधन को हिला देने पर आग तेज़ी से जलने लगती है; छेड़ा जाने पर नाग फन उठा लेता है। प्रायः व्यक्ति का असली तेज भी तभी प्रकट होता है, जब कोई उसे उत्तेजित कर दे।

राजा : (*माधव्य से चुपके से*) मित्र, इन्द्र की आज्ञा माननी होगी। इसलिए तुम यह सब बात बतलाकर मेरी ओर से अमात्य आर्यपिशुन से कह देना कि जब तक हमारा यह धनुष दूसरे काम में लगा है, तब तक केवल, उनकी बुद्धि ही प्रजा का पालन करती रहे।

विदूषक : जो आपकी आज्ञा (*बाहर जाता है।*)

मातलि : चलिए आयुष्मान्, रथ पर चढ़िए।

(रथ पर चढ़ने का अभिनय करता है।)

(सब बाहर निकल जाते हैं।)

सप्तम अंक

(आकाश में दौड़ते हुए रथ पर चढ़े राजा दुष्यन्त और मातलि का प्रवेश)

राजा : मातलि, यह ठीक है कि मैंने इन्द्र का कार्य पूरा कर दिया, फिर भी उन्होंने जैसा मेरा सत्कार किया, उसकी तुलना में मेरा कार्य कुछ भी नहीं था।

मातलि : (*मुस्कराकर*) आयुष्मान्, मुझे तो ऐसा लगता है कि आप दोनों को ही अपने-आपसे असन्तोष रहा। आप इन्द्र के सत्कार की तुलना में अपने किए हुए उपकार को कम समझते हैं और इन्द्र आपके पराक्रम से चकित होकर अपने सत्कार को तुच्छ समझ रहे हैं।

राजा : मातलि, यह बात नहीं! विदाई के समय उन्होंने मेरा जैसा सत्कार किया, वह तो कल्पना से भी परे की वस्तु है। उन्होंने मुझे सब देवताओं के सम्मुख आधे सिंहासन पर बिठाया। उन्होंने अपने गले में हरिचन्दन लगी मन्दार की एक माला पहनी हुई थी, जिसकी ओर जयन्त बड़ी ललचाई दृष्टि से देख रहा था। वह माला उन्होंने उसे न दी और मुस्कराते हुए मेरे गले में पहना दी।

मातलि : ऐसी क्या वस्तु है, जो देवराज इन्द्र आपको न दे सकें? क्योंकि देखिए, इन्द्र तो सदा सुख में मग्न रहने वाले हैं। उनके लिए केवल दो ने ही स्वर्ग को दानवों से निष्कंटक किया है। एक तो आपके तीक्ष्ण बाणों ने और एक बार पहले नृसिंह भगवान् के पैने नाखूनों ने।

राजा : यह सब भी इन्द्र का ही प्रताप है। क्योंकि अनुयायी लोग जो बड़े-बड़े कामों को भी पूरा कर डालते हैं, वह स्वामियों के गौरव के कारण ही होता है। यदि सहस्र किरण वाले सूर्य ने अरुण को अपना सारथि न बनाया होता, तो क्या वह कभी अन्धकार का नाश कर सकता था।

मातलि : आपको यह विनय ही शोभा देती है। *(कुछ दूर जाकर)* उधर देखिए, आपकी यशोगाथा स्वर्ग में कैसी फैल रही है! अप्सराओं के शृंगार से जो रंग शेष रह गए हैं, उनसे देवता लोग कल्पवृक्ष से प्राप्त हुए वस्त्रों पर आपके चरित्र को सुन्दर गीत बनाकर लिख रहे हैं।

राजा : मातलि, उस दिन स्वर्ग की ओर जाते हुए मैं राक्षसों से युद्ध के लिए अधीर था, इसलिए स्वर्ग के मार्ग को भली-भाँति न देख सका था। इस समय हम कौन-से वायुपथ में चल रहे हैं?

मातलि : यह 'परिवह' वायु का मार्ग कहलाता है। इसी मार्ग में आकाश गंगा बहती है और यहीं से नक्षत्रों की किरणें विभक्त होकर सब ओर फैलती हैं। और विष्णु भगवान् ने वामनावतार के समय अपना दूसरा चरण इसी में रखकर इसे पवित्र किया था।

राजा : मातलि, इसी से यहाँ मेरा मन अन्दर-बाहर सब ओर से प्रसन्न हो उठा है। *(रथ के पहियों को देखकर)* अब हम वायु के उस मार्ग में उतर आए हैं जिसमें मेघ चला करते हैं।

मातलि : यह आपने कैसे जाना?

राजा : क्योंकि यहाँ आपका रथ सजल बादलों के ऊपर चल रहा है, इसीलिए रथ की धुरी जलबिन्दुओं से सील गई है। पहियों के अरों के बीच में से निकल-निकलकर चातक जहाँ-तहाँ उड़ रहे हैं और रथ के घोड़े रह-रहकर बिजली की चमक से रंग-से उठते हैं।

मातलि : बस, अब कुछ ही देर में आप अपने राज्य की भूमि पर होंगे।

राजा : *(नीचे की ओर देखकर)* तेज़ी से उतरने के कारण भूलोक बहुत ही आश्चर्यजनक दिखाई पड़ता है। वह उधर पृथ्वी पर्वतों के ऊपर उठते हुए शिखरों से नीचे की ओर उतरती हुई-सी दीख

रही है। जो वृक्ष पहले पत्तों में छिपे हुए थे, अब धीरे-धीरे उनकी शाखाएँ भी अलग-अलग दिखाई पड़ने लगी हैं। दूर से लकीर-सी पतली दिखाई पड़ने वाली नदियाँ अब खूब बड़ी और चौड़ी दीखने लगी हैं। ऐसा प्रतीत होता है जैसे पृथ्वी को किसी ने नीचे से ऊपर की ओर उछाल दिया है और यह तेज़ी से मेरे पास चली आ रही है!

मातलि : आपने बिल्कुल ठीक देखा। (*आदर के साथ देखते हुए*) अहा, पृथ्वी की विशालता और सुन्दरता के क्या कहने!

राजा : मातलि, यह पूर्व समुद्र से लेकर पश्चिम समुद्र तक फैला हुआ और संध्या-काल की मेघमाला के समान विशाल पर्वत कौन-सा है, जिस पर सुनहली धाराएँ बह रही हैं?

मातलि : आयुष्मान्, यह हेमकूट पर्वत है। यहाँ किन्नर लोग रहते हैं और यहाँ तप की सिद्धि शीघ्र होती है। स्वयंभू मरीचि के पुत्र देवताओं और असुरों के पिता प्रजापति कश्यप पत्नी-समेत यहीं तपस्या कर रहे हैं।

राजा : ऐसे सुअवसर को तो छोड़ना उचित नहीं। महात्मा कश्यप के दर्शन करके ही आगे चलेंगे।

मातलि : आपका विचार उत्तम है।

(उतरने का अभिनय करते हैं।)

राजा : (*चकित होकर*) आपका रथ कब भूमि पर उतरा इसका तो पता ही न चला। न तो यह पता चला कि आपने कब रासें खींचीं; न पहियों और धुरी में कुछ घरघराहट हुई; और न कुछ धूल ही उड़ी। पता ही न चला कि इसने भूतल को स्पर्श कब किया!

मातलि : इन्द्र के और आपके रथ में केवल इतना ही तो अन्तर है।

राजा : मातलि, महात्मा कश्यप का आश्रम किस ओर है?

मातलि : (*हाथ से संकेत करते हुए*) वह आश्रम उस ओर है, जहाँ वह महात्मा कश्यप पेड़ के ठूँठ के समान स्थिर रहकर सूर्य की ओर दृष्टि लगाए तप कर रहे है। उनके शरीर का आधा भाग दीमक की बाँबियों से ढंक गया है; उनकी छाती पर साँपों की केंचुलियाँ पड़ी हुई हैं; उनके गले को पुरानी बेलों ने फैलकर

खूब ज़ोर से जकड़ लिया। और उनकी जटाएँ कन्धों तक फैली हुई हैं, जिनमें चिड़ियों ने घोंसले बना लिए हैं।

राजा : ऐसा कठोर तप करने वाले महात्मा को प्रणाम!

मातलि : (*रासें खींचकर रथ को धीमा करता है।*) महाराज, यह लीजिए, हम प्रजापति कश्यप के आश्रम में आ पहुँचे। यहाँ के मन्दार वृक्षों को स्वयं देवमाता अदिति ने सींच-सींचकर बड़ा किया है।

राजा : यह स्थान तो स्वर्ग से भी अधिक आनन्ददायक है। मुझे ऐसा लगता है, कि मैं अमृत के सरोवर में नहा रहा होऊँ।

मातलि : (*रथ रोककर*) आयुष्मान्, उतरिए!

राजा : (*उतरकर*) और आप?

मातलि : मैंने रथ को रोक लिया है। मैं भी उतरता हूँ। (*उतरकर*) इधर आइए आयुष्मान! (*कुछ दूर चलकर*) महात्मा-ऋषियों की इस तपोभूमि के दर्शन कीजिए।

राजा : इसे देखकर तो बड़ा आश्चर्य होता है। यहाँ ऋषि लोग कल्प-वृक्षों के वन में बैठकर प्राणायाम करते हैं और सुनहले कमलों के पराग से सुवासित जल में पुण्यस्नान करते हैं। रत्नों की शिलाओं पर बैठकर समाधि लगाते हैं और अप्सराओं के निकट रहकर अपने मन को वश में रखते हैं। अन्य मुनि अपनी तपस्या के द्वारा जो कुछ प्राप्त करना चाहते हैं, वह सब प्राप्त करके, उन दशाओं में रहते हुए भी ये मुनि तपस्या करते हैं।

मातलि : बड़ों की इच्छाएँ बड़ी होती हैं। (*कुछ दूर चलकर और आकाश की ओर देखकर*) अरे वृद्ध शाकल्यजी, इस समय महात्मा कश्यप क्या कर रहे हैं? क्या कहा? दक्ष-पुत्री अदिति ने पातिव्रत्य धर्म के विषय में कुछ प्रश्न किया था, उसी के विषय में ऋषि-पत्नियों-समेत अदिति को उपदेश दे रहे हैं।

राजा : (*ध्यान से सुनकर*) तब तो, कुछ देर प्रतीक्षा करनी पड़ेगी।

मातलि : (*राजा की ओर देखकर*) आप इस अशोक वृक्ष के तले विश्राम कीजिए। तब तक मैं अन्दर जाकर महात्मा कश्यप को आपके आगमन की सूचना देने का अवसर देखता हूँ।

राजा : जो आप उचित समझें, कीजिए। (*बैठ जाता है।*)

मातलि : आयुष्मान्, तो मैं जाता हूँ। (*बाहर निकल जाता है।*)

राजा : (*शुभ शकुन की सूचना देते हुए*) हे दक्षिण बाहु, तुम व्यर्थ क्यों फड़कते हो? यहाँ कोई अभिलाषा पूरी होने की आशा नहीं है। एक बार कल्याण को ठुकरा देने पर बाद में दुःख ही भुगतना पड़ता है।

(नेपथ्य में)

शरारत मत कर। फिर तू अपने स्वभाव पर उतर आया न!

राजा : (*ध्यान से सुनकर*) यह स्थान तो किसी प्रकार की शरारत करने का स्थान नहीं है। फिर यह किसकी रोकथाम हो रही है? (*जिस ओर से शब्द आया था उस ओर देखकर*) अरे, यह पराक्रमी बालक कौन है, जिसके पीछे-पीछे दो तपस्विनियाँ बड़ी कठिनाई से आ रही हैं और यह बालक सिंहनी के बच्चे को माँ का दूध न पीने देकर गर्दन के बाल पकड़कर अपने साथ खेलने के लिए बलपूर्वक खींच रहा है!

(दो तपस्विनियों के साथ ऊपर के अनुसार बालक का प्रवेश)

बालक : मुँह खोल रे सिंह, तेरे दाँत गिनूँगा।

पहली तपस्विनी : दुष्ट, हमारी अपनी ही सन्तान जैसे प्रिय पशुओं को क्यों सताता है? ओह, तेरा तो साहस दिनों-दिन बढ़ता ही जाता है। ऋषियों ने तेरा नाम सर्वदमन ठीक ही रखा है।

राजा : इस बालक को देखकर मेरे मन में ऐसा स्नेह क्यों उमड़ रहा है, जैसे यह मेरा अपना ही पुत्र हो? शायद निस्सन्तान होने के कारण ही बच्चों से मुझे ऐसा प्यार है!

दूसरी तपस्विनी : यदि तू इसके बच्चे को न छोड़ेगा, तो यह शेरनी तुझ पर टूट पड़ेगी।

बालक : (*मुस्कराकर*) अहा, बड़ा डरता हूँ न मैं इससे? (*सिंहनी की ओर मुँह बिचकाता है।*)

राजा : मुझे लगता है कि यह बालक बड़ा होकर महाप्रतापी व्यक्ति बनेगा। अभी यह उस चिनगारी के समान है, जो ईंधन मिलने पर धधककर प्रचण्ड आग बन जाती है।

पहली तपस्विनी : बेटा, इस शेर के बच्चे को छोड़ दे। तुझे दूसरा खिलौना दूँगी।

बालक : कहाँ है? ला दे। (*हाथ फैलाता है।*)

राजा : यह क्या? इसके हाथ में तो चक्रवर्ती के लक्षण भी हैं। अभीष्ट

खिलौने के लालच से पसारा हुआ यह हाथ जाल के समान गुंथी हुई उंगलियों से ऐसा सुन्दर लग रहा है, जैसे कोई खिला हुआ अकेला कमल हो, जिसकी लाली उषा के कारण चौगुनी हो उठी हो और जिसकी पंखुरियाँ अलग-अलग दिखाई न पड़ रही हों।

दूसरी तपस्विनी : सुव्रता, वह केवल बातों से मानने वाला नहीं। तू जा; मेरी कुटिया में ऋषिकुमार मार्कण्डेय का बनाया हुआ रंगीन मिट्टी का मोर रखा है। इसके लिए उसे ले आ।

पहली तपस्विनी : अच्छा! (*बाहर जाती है।*)

बालक : तब तक मैं इससे ही खेलूँगा। (*तपस्विनी की ओर देखकर हँसता है।*)

राजा : यह नटखट बालक मुझे बहुत प्यारा लग रहा है। वे लोग धन्य हैं, जिनकी गोद, पुत्रों के शरीर की धूल से मलिन हुई रहती है। वे बालक जब अकारण हँसते हुए कलियों के समान अपने दाँतों की हल्की-सी झलक दिखाते हैं, अपनी तोतली बोली में मीठी-मीठी बातें करते हैं और बारम्बार गोदी में चढ़ना चाहते हैं, तो वे कितने प्यारे लगते हैं!

तपस्विनी : अच्छा, मेरी तो बात ही नहीं सुनता। (*इधर-उधर देखती है।*) कोई ऋषिकुमार यहाँ हैं? (*राजा को देखकर*) भद्र, आप ही यहाँ आइए। यह बालक खेल ही खेल में इस सिंह के बच्चे को बहुत ज़ोर से दबाकर घोंटे दे रहा है। ज़रा इसको छुड़ा दीजिए।

राजा : (*पास आकर मुस्कराते हुए*) क्यों ऋषिकुमार, तुम अपने स्वाभाविक संयम को त्यागकर ऐसा आश्रम-विरोधी आचरण क्यों कर रहे हो, जिससे इन सुख से रहने वाले प्राणियों को कष्ट होता है? यह ऐसा ही है, जैसे चन्दन के वृक्ष पर काले नाग का बच्चा लिपटा हुआ हो।

तपस्विनी : भद्र, यह ऋषिकुमार नहीं है।

राजा : यह तो इसकी आकृति और चेष्टाएँ ही कह रही हैं। परन्तु तपोवन में देखकर मैंने इसे ऋषिकुमार समझा। (*बालक से सिंह-शिशु को छुड़ाते हुए बालक का स्पर्श करके मन ही मन*)

यह न जाने किसके वंश का प्रदीप है? जब इसे स्पर्श करके मुझे इतना आनन्द हो रहा है, तो जिसका यह अपना पुत्र है, उसे तो न जाने कैसा सुख मिलता होगा।

तपस्विनी : *(दोनों को देखकर)* कितनी विचित्र बात है!

राजा : क्यों, क्या हुआ?

तपस्विनी : इस बालक से तुम्हारी आकृति इतनी अधिक मिलती है कि मुझे देखकर आश्चर्य हो रहा है। अपरिचित होते हुए भी इसने तुम्हारा कहना भी मान लिया।

राजा : *(बालक को प्यार करता हुआ)* यदि यह ऋषिकुमार नहीं है, तो यह किस वंश का है?

तपस्विनी : पुरुवंश का।

राजा : *(मन ही मन में)* यह क्या! यह मेरे ही वंश का है! इस बात को मेरी और इसकी मिलती-जुलती आकृति बता रही है। परन्तु पुरुवंशियों की तो कुल-परम्परा यही चली आई है कि पहले वे पृथ्वी की रक्षा के लिए आनन्द के साथ विलास भरे महलों में रहते हैं और वृद्धावस्था में अपनी पत्नी को साथ लेकर वन में निवास करने लगते हैं। *(प्रकट रूप में)* परन्तु अपनी शक्ति से तो कोई मनुष्य इस स्थान पर आ नहीं सकता?

तपस्विनी : आप ठीक कहते हैं। इस बच्चे की माँ अप्सरा की कन्या थी। उसने इसे यहीं महात्मा कश्यप के आश्रम में ही जन्म दिया है।

राजा : *(मुँह फेरकर)* यह एक और आशा बँधी। *(प्रकट रूप से)* वह किस राजर्षि की पत्नी है?

तपस्विनी : अपनी धर्मपत्नी को त्याग देने वाले उस राजा का नाम भी लेना बुरा है!

राजा : *(मन ही मन)* यह सारी कथा तो मुझ पर ही घटती है। अच्छा, यदि इसकी माँ का नाम पूछूँ? पर नहीं, परायी स्त्री के बारे में पूछताछ करना ठीक नहीं।

(मिट्टी का मोर हाथ में लिए प्रवेश करके)

तपस्विनी : सर्वदमन, शकुन्त लावण्य को तो देख।

बालक : *(इधर-उधर देखकर)* कहाँ है मेरी माँ?

दोनों तपस्विनियाँ : माँ से इसे बड़ा प्यार है। तभी नाम मिलता-जुलता होने से धोखा खा गया।

दूसरी तपस्विनी : बेटा, इस मिट्टी के मोर के लावण्य को देख, मैंने यह कहा था।

राजा : (*मन ही मन*) अच्छा तो क्या इसकी माँ का नाम शकुन्तला है! पर संसार में एक नाम के लोग कई होते हैं। मरीचिका की भाँति यह नाम भी कहीं केवल मेरे दुःख को ही न बढ़ाए।

बालक : माँ, यह मोर तो बड़ा अच्छा है। (*कहकर खिलौना ले लेता है।*)

पहली तपस्विनी : (*घबराहट के साथ देखकर*) अरे यह क्या! इसकी कलाई में रक्षाकवच बँधा हुआ था, वह दीख नहीं रहा।

राजा : घबराइए नहीं; यह रक्षाकवच सिंह के बच्चे से खींचातानी करते समय इसके हाथ से यहाँ गिर पड़ा है। (*कहकर उठाकर देना चाहता है।*)

दोनों तपस्विनियाँ : इसे छूना नहीं। यह क्या! इन्होंने तो उठा ही लिया। (*दोनों आश्चर्य से छाती पर हाथ रखे एक-दूसरे को देखती हैं।*)

राजा : आपने मुझे रोका किसलिए था?

पहली तपस्विनी : सुनिए महाराज! यह अपराजिता नाम की बूटी महात्मा कश्यप ने इसके जातकर्म-संस्कार के समय इसके हाथ में बांधी थी। यदि यह बूटी भूमि पर गिर पड़े, तो इसे इसके माता-पिता और स्वयं इसके सिवाय और कोई नहीं उठा सकता।

राजा : अगर उठा ले तो!

पहली तपस्विनी : तो यह बूटी साँप बनकर उसे डस लेती है।

राजा : आपने कभी इस तरह इस बूटी को साँप बनकर डसते देखा है?

दोनों तपस्विनियाँ : कई बार!

राजा : (*प्रसन्नता के साथ मन ही मन*) अब तो मेरी कामना पूरी हो गई। अब क्यों प्रसन्न न होऊँ! (*बच्चे को छाती से लगा लेता है।*)

दूसरी तपस्विनी : सुव्रता, आओ चलें। चलकर यह वृत्तान्त तपस्विनी शकुन्तला को सुनाएँ।

(दोनों बाहर जाती हैं।)

बालक : मुझे छोड़ो, मैं माँ के पास जाऊँगा।

राजा : बेटा, अब मेरे साथ ही माँ के पास चलना।

बालक : मेरे पिता तो दुष्यन्त हैं; तुम थोड़े ही हो!

राजा : (*मुस्कराकर*) इसका यह विवाद ही मेरे विश्वास को पक्का कर रहा है।

(एक वेणी किए शकुन्तला का प्रवेश)

शकुन्तला : यह तो मैंने सुना कि सर्वदमन के रक्षाकवच की बूटी किसी अन्य के द्वारा उठाए जाने पर भी सर्प न बनी, फिर भी मुझे अपने सौभाग्य की आशा नहीं बँधती। या फिर सम्भव है, जो कुछ सानुमती ने सुनाया था, उसके अनुसार यह सत्य ही हो।

राजा : (*शकुन्तला को देखकर*) अरे, यह तो शकुन्तला है! यह बेचारी मैले कपड़े पहने हुए है। नियम-पालन करते रहने से इसका मुँह सूख-सा गया है। एक ही वेणी लिए यह सदाचारिणी मुझ निष्ठुर के वियोग में लम्बे विरहव्रत का पालन कर रही है।

शकुन्तला : (*पश्चात्ताप के कारण दुर्बल और विवर्ण राजा को देखकर*) ये तो वे नहीं हैं। फिर कौन हैं, जो मेरे रक्षाकवच पहने पुत्र को अपनी गोदी में लेकर अपवित्र कर रहा है?

बालक : (*माँ के पास जाकर*) माँ, ये न जाने कौन मुझे 'बेटा' कहकर अपनी छाती से लगा रहे हैं!

राजा : प्रिये, तुम्हारे साथ मैंने जो क्रूरता की थी, उसका इतना तो अच्छा ही परिणाम हुआ कि अब तुम मुझे पहचान भी नहीं पा रही हो।

शकुन्तला : (*मन ही मन*) हृदय धैर्य धरो। भाग्य ने क्रोध छोड़कर आज तुझ पर दया की है। ये वही हैं।

राजा : प्रिये, आज सौभाग्य का दिन है कि मेरी स्मृति पर से अन्धकार का परदा हट चुका है। और तुम आज मेरे सम्मुख उसी प्रकार खड़ी हुई हो, जैसे चन्द्रग्रहण के पश्चात् रोहिणी चन्द्रमा के पास आ पहुँचे।

शकुन्तला : आर्यपुत्र की जय हो...(*बोलते-बोलते गला भर आने से बीच में ही रुक जाती है।*)

राजा : सुन्दरी, भले ही गला भर आने के कारण तुम्हारा जयकार अधूरा रह गया, फिर भी मेरी विजय तो होती ही गई, क्योंकि मैंने

आज पाटल के समान सहज अरुण अधरों वाले तुम्हारे मुख का जो दर्शन कर लिया।

बालक : माँ, यह कौन हैं?

शकुन्तला : बेटा, अपने भाग्य से पूछ।

राजा : (*शकुन्तला के पैरों पर गिरकर*) सुन्दरी, तुम अपने हृदय से परित्याग के कारण हुए क्षोभ को निकाल दो। उस समय न जाने मेरे मन पर कैसा अन्धकार-सा छा गया था। मन में तमोवृत्ति बढ़ जाने पर शुभ वस्तुओं के प्रति लोग ऐसा ही कर बैठते हैं, जैसे अन्धे के सिर पर फूलमाला रखने पर वह उसे साँप समझकर दूर फेंक देता है।

शकुन्तला : आप उठिए, उठिए। पिछले जन्म में मैंने कोई ऐसा पाप किया था, जिसका फल मुझे उन्हीं दिनों मिलना था। इसी से दयालु होते हुए भी आप उस समय मेरे प्रति इतने विरक्त हो गए थे।

(राजा उठकर खड़ा हो जाता है।)

शकुन्तला : फिर आपको मुझ दुखिया की याद कैसे आई?

राजा : मन से दुःख का काँटा तो निकाल लूँ, तब कहूँगा। सुन्दरी, तुम्हारे होंठों पर आ-आकर गिरने वाले जिन अश्रु-बिन्दुओं की मैंने उस दिन उपेक्षा कर दी थी, वे आज भी तुम्हारी इन तिरछी पलकों में अटके हुए हैं। पहले उन्हें पोंछ लूँ, तो मुझे कुछ शान्ति मिले।

(शकुन्तला के आँसू पोंछता है।)

शकुन्तला : (*नामवाली अंगूठी की ओर देखकर*) आपकी वह अंगूठी तो यह रही।

राजा : इस अंगूठी के मिलने से ही तो मुझे तुम्हारी याद आई।

शकुन्तला : इसने बुरा तो यह किया कि जब मैं आपको विश्वास दिलाना चाहती थी, उस समय यह मिली ही नहीं।

राजा : तो अब वसन्त से मिलन के स्मरण-चिह्न के रूप में लता इस फूल को फिर धारण कर ले।

शकुन्तला : अब मुझे इसका भरोसा नहीं रहा। आप ही पहने रहें।

(मातलि का प्रवेश)

मातलि : आपको धर्मपत्नी से मिलन तथा पुत्र के मुखदर्शन की बधाई हो!

राजा : मेरे मनोरथ अत्यन्त मधुर रूप में पूरे हुए हैं। मातलि, सम्भवतः इन्द्र को यह वृत्तान्त मालूम न हो।

मातलि : (*मुस्कराकर*) प्रभु लोगों से कुछ भी अगोचर नहीं है। आइए, महात्मा कश्यप आपको दर्शन देना चाहते हैं।

राजा : शकुन्तला, पुत्र को संभाल लो। तुम्हारे साथ ही चलकर उनके दर्शन करूँगा।

शकुन्तला : मुझे तो आपके साथ गुरुजी के निकट जाते लज्जा आती है।

राजा : परन्तु शुभ अवसरों पर तो साथ जाना ही होता है। आओ, चलें।

(सब चलते हैं।)

(अदिति के साथ आसन पर बैठे हुए कश्यप का प्रवेश)

कश्यप : (*राजा को देखकर*) अदिति, यह पृथ्वी के स्वामी दुष्यन्त हैं जो युद्ध में तुम्हारे पुत्र इन्द्र से भी आगे रहते हैं। इनके धनुष के कारण वज्र का कार्य समाप्त हो गया है और अब वह निकम्मा होकर इन्द्र का आभूषण मात्र रह गया है।

अदिति : इनका पराक्रम तो इनकी आकृति से ही झलक रहा है।

मातलि : आयुष्मान्, ये देवताओं के माता-पिता आपको पुत्रवत् प्रेम-भरी दृष्टि से देख रहे हैं। चलिए, इनके पास चलें।

राजा : मातलि, क्या ये ही ब्रह्मा के एक पीढ़ी उपरान्त दक्ष और मरीचि से उत्पन्न हुए स्त्री-पुरुष हैं, जिन्हें ऋषि लोग बारह सूर्यों के माता-पिता बताते हैं। क्या इन्होंने ही तीनों लोकों के स्वामी और यज्ञ भाग के अधिकारी इन्द्र को जन्म दिया है और संसार का कल्याण करने वाले स्वयंभू ब्रह्मा ने भी क्या इन्हीं की गोद में जन्म लिया है?

मातलि : जी हाँ।

राजा : (*पास जाकर*) मैं इन्द्र का आज्ञाकारी दुष्यन्त आप दोनों को प्रणाम करता हूँ।

कश्यप : बेटा, चिरायु हो। पृथ्वी का पालन करो।

अदिति : शत्रुओं पर विजय प्राप्त करो।

शकुन्तला : पुत्र-समेत मैं शकुन्तला आपके चरणों में नमस्कार करती हूँ।

कश्यप : बेटी, इन्द्र के समान तुम्हारा पति है; जयन्त के समान तुम्हारा पुत्र है। तुम्हें इसके सिवाय और क्या आशीर्वाद दूँ कि तुम

भी इन्द्र की पत्नी शची के समान होओ!

अदिति : बेटी, तुम्हें अपने पति का आदर प्राप्त हो; तुम्हारा पुत्र दीर्घायु और दोनों कुलों की शोभा बढ़ाने वाला हो। आओ, बैठो।

(सब प्रजापति कश्यप के चारों ओर बैठ जाते हैं।)

कश्यप : (*एक-एक की ओर संकेत करते हुए*) यह सौभाग्य की बात है कि यह शकुन्तला पतिव्रता है, यह सर्वदमन सत्पुत्र है और आप तो स्वयं आप ही हैं। ऐसा लगता है जैसे श्रद्धा, धन और धर्म तीनों एकत्र हो गए हों।

राजा : भगवन्, पहले इष्ट सिद्धि हुई, उसके बाद आपके दर्शन किए। आपकी यह कृपा अद्भुत है। क्योंकि संसार में पहले फूल खिलता है और फिर फल लगता है। पहले बादल उठते हैं, फिर जल बरसता है। विश्व का नियम यही है कि पहले कारण होता है, फिर कार्य। परन्तु यहाँ आपकी कृपा होने से पहले ही सम्पत्ति आ पहुँची।

मातलि : विधाताओं की कृपा ऐसी ही होती है।

राजा : भगवन्, मुझे यह बात बहुत विचित्र लगती है कि मैंने पहले आपकी इस आज्ञाकारिणी शकुन्तला से गान्धर्व विवाह किया था। फिर कुछ समय पश्चात् जब इनके इष्ट बन्धु इन्हें लेकर आए, तब स्मृति-दोष के कारण मैंने इनका परित्याग कर दिया और आपके सगोत्र महात्मा कण्व के प्रति अपराध किया। परन्तु बाद में अंगूठी को देखकर मुझे याद आया कि मैंने महात्मा कण्व की कन्या से सचमुच विवाह किया था। यह तो ऐसा ही हुआ जैसे हाथी सामने से जा रहा हो, तो उसे देखकर मन में यह सन्देह बना रहे कि यह हाथी है या नहीं; और बाद में उसके गुज़र जाने पर उसके पदचिह्नों को देखकर यह निश्चय हो कि यह हाथी ही था। मेरे मन की कुछ ऐसी ही दशा हुई।

कश्यप : बेटा, यह मत समझो कि तुमने अपराध किया है। तुम्हारा भूल जाना ठीक ही था। क्यों? वह भी सुनो।

राजा : कहिए, मैं सुन रहा हूँ।

कश्यप : ज्योंही रोती-बिलखती शकुन्तला को अप्सरा तीर्थ से लेकर मेनका अदिति के पास आई, त्योंही मैंने ध्यान से जान लिया

कि तुमने अपनी इस बेचारी धर्मपत्नी को दुर्वासा के शाप के कारण त्यागा है, अन्य किसी कारण नहीं। और उस शाप की समाप्ति अंगूठी के देखने पर ही होगी।

राजा : (*गहरी साँस छोड़कर*) चलो, कलंक से तो छुटकारा हुआ।

शकुन्तला : (*मन ही मन*) यह सौभाग्य की बात है कि इन्होंने मेरा परित्याग अकारण नहीं किया था। पर मुझे ध्यान नहीं आता कि मुझे कभी शाप मिला हो। या सम्भव है कि जब शाप मिला उस समय विरह से अनमनी होने के कारण मैं उसे जान न सकी होऊँ। इसीलिए सखियों ने मुझे कहा था कि स्वामी को अंगूठी दिखा देना।

कश्यप : बेटी, अब तुम्हें सही बात मालूम हो गई। इसलिए अब इनके प्रति क्रोध न करना। देखो, शाप के कारण इनकी स्मृति नष्ट हो गई थी, इसलिए इन्होंने रूखेपन के साथ तुम्हें त्याग दिया था। परन्तु अब इनका वह अज्ञान नष्ट हो गया है और अब इन पर तुम्हारा ही प्रभुत्व रहेगा। दर्पण के ऊपर यदि मैल जमी हो तो उसमें प्रतिबिम्ब दिखाई नहीं पड़ता, परन्तु उसके स्वच्छ हो जाने पर प्रतिबिम्ब दीखने लगता है।

राजा : आपने बिल्कुल ठीक कहा।

कश्यप : बेटा, तुमने अपने इस शकुन्तला के बेटे का भी अभिनन्दन किया या नहीं? इसका विधिपूर्वक जातकर्म-संस्कार हमने ही किया है।

राजा : भगवन्, इसी से तो मेरा वंश चलेगा। (*बालक का हाथ पकड़ता है।*)

कश्यप : यह तुम निश्चय जान लो कि यह चक्रवर्ती राजा बनेगा। यहाँ पर सब प्राणियों का बलपूर्वक दमन करने के कारण इसका नाम सर्वदमन है; परन्तु बाद में अपने दुर्निवार रथ पर चढ़कर समुद्रों को पार करके यह सप्तद्वीपा वसुन्धरा को जीत लेगा। कोई शत्रु इसके सामने टिक न सकेगा। तब संसार का भरण-पोषण करने के कारण इसका नाम 'भरत' प्रसिद्ध होगा।

राजा : जब आपने इसका संस्कार किया है, तो इस सबकी तो हमें आशा ही है।

अदिति : भगवन्, महात्मा कण्वं को भी यह संवाद भिजवा दीजिए कि उनकी कन्या का मनोरथ पूर्ण हो गया। पुत्री से प्रेम करने वाली मेनका तो आजकल आपकी सेवा में यहीं पर है।

शकुन्तला : (*मन ही मन*) इन्होंने ठीक मेरे मन की बात कह दी।

कश्यप : तप के प्रभाव से महात्मा कण्व को सब कुछ मालूम है।

राजा : सम्भवतः इसी से वे मेरे ऊपर बहुत क्रुद्ध नहीं हैं।

कश्यप : फिर भी हमें उनसे यह पूछना ही चाहिए कि आपको यह शुभ सम्वाद मालूम हुआ या नहीं? अरे, कोई यहाँ है?

(प्रवेश करके)

शिष्य : भगवन्, मैं हूँ। आज्ञा कीजिए।

कश्यप : गालव, अभी आकाश-मार्ग से जाकर मेरी ओर से महात्मा कण्व को यह शुभ सम्वाद दो कि शाप समाप्त हो जाने पर स्मृति लौट आने से दुष्यन्त ने पुत्रवती शकुन्तला को ग्रहण कर लिया है।

शिष्य : जो आपकी आज्ञा। (*बाहर जाता है।*)

कश्यप : बेटा, तुम भी अपने मित्र इन्द्र के रथ पर चढ़कर पुत्र-पत्नी समेत अपनी राजधानी की ओर प्रस्थान करो।

राजा : जो आपकी आज्ञा।

कश्यप : और देखो; इन्द्र तुम्हारे राज्य में यथेष्ट वर्षा करता रहे और तुम यज्ञों के द्वारा इन्द्र का सत्कार करते रहो। इस प्रकार तुम दोनों सैकड़ों गणों के ऊपर राज्य करते हुए एक-दूसरे के हितकारी कार्यों द्वारा दोनों लोकों के कल्याण में तत्पर रहो!

राजा : भगवन्, यथाशक्ति कल्याण का ही यत्न करूँगा।

कश्यप : बेटा, और तुम्हारा क्या प्रिय कार्य इस समय करूँ?

राजा : इससे अधिक और प्रिय क्या हो सकता है? फिर भी यदि आप कृपा करना चाहते हैं, तो ऐसा कीजिए कि (*भरत वाक्य*) राजा लोग प्रजा के हित में लगे रहें। सब जगह वेदों और कवियों की वाणी का आदर हो; और पार्वती समेत स्वयंभू शिव मुझे भी जन्म-मरण बन्धन से मुक्ति प्रदान करें।

(सब बाहर निकल जाते हैं।)

□□□